CET AMOUR-LÀ

Yann Andréa est né en 1952. Il a frappé à la porte de Marguerite Duras l'été 1980 à Trouville, après lui avoir adressé d'innombrables lettres pendant cinq ans. Ils ne se sont plus quittés pendant seize ans.
Yann Andréa est également l'auteur de *M. D.* (Éditions de Minuit, 1983).

YANN ANDRÉA

Cet amour-là

PAUVERT

FREN
E
D93
.AN

A la jeune première lectrice de la rue de Lille, Katia.

Je voudrais parler de ça : ces seize années entre l'été 80 et le 3 mars 1996. Ces années vécues avec elle.

Je dis elle.

J'ai toujours une difficulté à dire le mot. Je ne pouvais pas dire son nom. Sauf l'écrire. Je n'ai jamais pu la tutoyer. Parfois elle aurait aimé. Que je la tutoie, que je l'appelle par son prénom. Ça ne sortait pas de ma bouche, je ne pouvais pas. Je me débrouillais pour ne pas avoir à prononcer le mot. Pour elle c'était une souffrance, je le savais, je le voyais, et cependant je ne pouvais pas passer outre. Je crois que c'est arrivé deux ou trois fois, par inadvertance je l'ai tutoyée. Et je vois son sourire. L'enfance. Une joie parfaite. Que je me sois laissé aller à cette proximité.

Et cette impossibilité de nommer, je crois que ça vient de ceci : j'ai d'abord lu le nom, regardé le nom, le prénom et le nom. Et ce nom m'a immédiatement enchanté. Ce nom de plume. Ce nom d'emprunt. Ce nom d'auteur. Tout simplement ce nom me plaisait. Ce nom me plaît infiniment.

Voilà.

J'ai lu le premier livre d'elle à Caen, cette ville où je suis étudiant en philosophie, la khâgne du lycée Malherbe. C'était *Les Petits Chevaux*. Le livre était dans l'appartement où je vivais avec Christine B. et Bénédicte L. Le livre devait appartenir à Bénédicte. Je l'ai lu par hasard. Il était là par terre, dans le fouillis des livres. C'est une sorte de coup de foudre. On a commencé à boire des bitter Campari. Je ne voulais boire que ça. A Caen, dans les bistrots, ce n'était pas facile de trouver des Campari.

La première rencontre c'est donc *Les Petits Chevaux de Tarquinia*, la première lecture, la première passion. Et ensuite j'ai tout quitté, tous les autres livres, Kant, Hegel, Spinoza, Stendhal, Marcuse et les autres. J'ai commencé à tout lire, tous les livres d'elle, les titres, les histoires, tous les mots.

Et le nom de l'auteur m'enchante de plus en plus. Je le recopie sur une feuille blanche à la main, et parfois j'essaie de signer comme elle.

Quand j'ai découvert le visage de ce nom, je ne me souviens pas. Quand j'ai vu pour la première fois une photo d'elle, je ne sais plus.

J'ai abandonné tous les autres livres pour ne lire que les livres d'elle. L'auteur dont j'ignore tout, que je ne connais pas. Personne ne m'a parlé de ce nom. Et, depuis lors, je ne l'ai plus quittée. C'était fait. Je suis un lecteur absolu : j'ai immédiatement aimé chaque mot écrit. Chaque phrase. Chaque livre. Je lisais, je relisais, je recopiais des phrases entières sur des feuilles, je voulais être ce nom, recopier ce qui était écrit par elle, me confondre, être une main qui copie ses mots à elle. Pour moi, Duras devient l'écriture même.

Et je bois des Campari.

Il y a une sorte de coïncidence miraculeuse entre ce que je lis et ce que je suis, ce que je suis encore. Une coïncidence entre elle et moi. Ce nom de Duras et moi, Yann.

La lecture des livres est sauvage, je ne peux pas en parler, à personne, j'ai peur d'en parler. Que les autres se moquent. Que les autres n'aiment pas les livres, ou pas assez, ou pas comme il le faut. Alors je préfère me taire, garder ça pour moi, et lire. Seul. Caché. Honteux.

Déjà je veux la garder pour moi, déjà je veux la protéger, déjà elle est avec moi et elle ne le sait pas encore. Je suis un lecteur. Le lecteur premier puisque j'aime tous les mots, intégralement, sans aucune retenue. Et ce nom de cinq lettres, DURAS, je l'aime absolument. Ça m'est tombé dessus. Je ne l'ai plus quittée et je ne peux pas la quitter. Jamais. Et elle non plus.

Je ne sais pas encore que l'histoire a déjà commencé.

1975. On donne *India Song* au cinéma Lux à Caen. Elle vient pour un débat après la projection du film. C'était la mode à ce moment-là, les réalisateurs venaient parler avec le public, il fallait faire des débats. Je veux acheter un énorme bouquet de fleurs. Je n'ose pas. J'ai honte. Comment donner des fleurs devant une salle pleine, comment faire pour oser affronter les sourires, les lazzis et les quolibets ? Je n'achète pas de fleurs. J'ai dans la poche *Détruire, dit-elle*. J'espère une signature. Les lumières se rallument. Et elle est là. Elle porte ce gilet de cuir marron offert par le producteur du film, et la fameuse jupe pied-de-poule et des bottines Weston. Une jupe qu'elle va porter pendant vingt ans. Et ce gilet qu'elle me fera porter, ce gilet en cuir, merveilleux, la souplesse du cuir, qu'elle me prêtera.

Yann, je ne peux pas m'en séparer, je ne

12

peux pas vous le donner, je l'aime trop ce gilet, je veux bien vous le prêter certains jours pour sortir avec moi.

C'est ce qu'elle me dit des années plus tard.

J'étais au premier rang juste face à elle. Je pose une question, je m'embrouille, elle sourit, elle m'aide, elle fait comme si c'était une question formidable, et elle répond. Je ne sais pas quoi. Je n'ai rien entendu. J'ai peur pour elle, de la voir là debout face à cette salle pleine. Peur qu'on n'aime pas ce film, *India Song,* comme si c'était possible, comme si ça pouvait exister, qu'on lui fasse du mal. Et je vois qu'elle souffre, que pour elle, ce film c'est plus qu'un film, qu'elle aime ce film comme si ce n'était pas elle qui l'avait fait. Elle est folle d'amour pour ce film, pour le cri du Vice-Consul, pour la voix de Delphine Seyrig, la robe rouge d'Anne-Marie Stretter, les tangos de Carlos d'Alessio, elle aime absolument *India Song,* ce palais défait au bord du Bois de Boulogne, au bord de l'Inde. Calcutta, ici, en France. Et moi je le vois, je la vois. Elle a peur qu'on abîme ces images et ces mots et cette musique. J'ai peur et je veux lui donner des fleurs, que tout le monde se taise. Qu'on soit seul dans cette salle de cinéma. Avec *India Song.* Elle et moi.

Les questions ont cessé. On reste une

dizaine d'étudiants autour d'elle. Je donne *Détruire* à signer. Elle signe. Je lui dis : Je voudrais vous écrire. Elle donne une adresse à Paris. Elle dit : vous pouvez m'écrire à cette adresse. Puis : j'ai soif, j'ai envie d'une bière. On va dans un bistrot près de la gare. Elle boit une bière. Ensuite : je rentre à Trouville. Des jeunes gens sont avec elle. Elle part dans une automobile conduite par l'un d'entre eux. Elle me laisse dans ce bistrot qui s'appelle Le Départ, en face de la gare de Caen. Je suis avec les autres, on reste encore un peu dans le café. J'ai dans la poche *Détruire* avec une signature et une adresse : 5, rue Saint-Benoît — Paris, 6e arrondissement.

Et ça commence. Dès le lendemain, j'écris une lettre et je ne m'arrête plus. J'écris tout le temps. Des mots assez brefs, plusieurs fois par jour. Parfois je reste quelque temps sans écrire et puis je recommence, j'écris une nouvelle lettre, je ne relis jamais ce que j'écris, je poste immédiatement la lettre. Je ne veux rien garder. Je lui envoie des paquets de lettres. Je n'espère pas de réponse. Il n'y a pas de réponse à attendre. Je n'attends rien. J'attends. Je continue à écrire à cette adresse, cette rue que je ne connais pas, dans cet appartement que je ne connais pas. Je ne sais même pas si elle lit toutes les lettres. Je n'y pense même pas. J'écris des mots à l'auteur des livres, cette femme vue dans une salle de cinéma après *India Song*.

Jeanne Moreau chante la légende de cet amour-là. J'achète le disque. Je n'écoute plus que ça. Cette voix de Moreau et ce tango de Carlos d'Alessio. Je suis enchanté. Je chante. Je n'attends pas de lettres d'elle. Et pourtant si, j'espère quand même. Qu'elle va le faire. Qu'elle va prendre la peine de m'écrire. Pas de répondre. Non. Mais peut-être écrire un mot aimable, genre poli, je vous remercie, ça me fait très plaisir, etc. Non. Rien. Ce n'est pas le genre, justement, à écrire des mots aimables, des mots gentils, pas du tout. Je devrais le savoir puisque je lis ses livres. Je me laisse aller à cette naïveté : un jour elle va m'écrire un mot.

Je continue de lire. J'abandonne toute autre lecture, toute autre activité, je ne vais plus en cours, je ne fais plus rien, je bois du whisky le soir. J'ai changé d'appartement, je vis avec Bénédicte L. et Patrick W., rue Eugène-Boudin à Caen, face au cimetière. On aime tous les deux, Patrick et moi, Bénédicte. Elle, elle ne veut plus nous voir. Elle prépare l'agrégation de lettres avec Franck L., on le croise parfois dans l'appartement. On ne l'aime pas. Lui non plus. Bénédicte ne vient plus avec nous le soir tard chez Mona boire des gin tonic et écouter Julio Iglesias : *Et toi non plus tu n'as pas changé.* Et Adamo : *Tombe la neige, tu ne viendras pas ce soir.* Non, elle est devenue sérieuse, elle travaille. Et elle aura l'agrégation du premier coup, et un mari et des enfants et une belle maison. En attendant elle ne veut plus nous voir, ni moi, ni Christine, ni Patrick. Celle qui a lu Duras avant moi, qui avait acheté *Les Petits Chevaux,* cette fille aux cheveux noirs ne veut plus me voir. Continue-t-elle de lire Duras ? De m'aimer aussi bien, pourquoi pas ? C'est possible.

Moi je continue d'écrire. Rue Saint-Benoît, n° 5. Toujours rien, pas le moindre mot. Et puis en 1980 elle m'envoie *L'Homme assis dans le couloir.* C'est la première fois que ça arrive : j'aime moins, c'est-à-dire je ne comprends pas, je me demande ce que c'est que cette histoire de sexe, l'irruption du physique. Je suis choqué, arriéré, pauvre innocent, je ne veux pas comprendre. Je ne sais pas comment lui dire ça. Je ne veux pas mentir. Je ne peux pas. Elle le sentira immédiatement. Je ne réponds pas. Je cesse d'écrire. Je reçois un deuxième livre. Avec ce mot : je crois que vous n'avez pas reçu le premier exemplaire. Vous avez encore changé d'adresse. Je ne dis rien. Je n'écris plus.

Et puis je reçois le *Navire Night* et les *Aurélia Steiner* et *Les Mains négatives*.

Couverture bleue du Mercure de France. Je suis fou. J'aime à la folie. Je vais à Paris voir le *Night* à la Pagode, rue de Babylone. Je me dis qu'elle sera dans la salle. Je vais au théâtre voir la pièce montée par Claude Régy avec Bulle Ogier, Michael Lonsdale et Marie-France. Je retourne voir le film plusieurs fois. Les amants de Neuilly. Et pour la première fois je passe rue Saint-Benoît. Je passe devant le numéro 5. J'ai peur de la croiser. Et alors quoi faire, quoi dire.

Rien. Je reprends le train pour Caen.

Et enfin je reçois un mot, une lettre d'elle : j'ai été malade, je vais mieux, c'est une histoire d'alcool, je vais mieux, je viens de terminer *Aurélia Steiner* pour le cinéma, je crois que l'un des textes est pour vous. Elle ne dit pas lequel. S'il s'agit d'Aurélia Paris ou d'Aurélia Vancouver.

Elle écrit ça à moi : j'ai écrit ce texte, *Aurélia Steiner*, pour vous. Je ne vous connais pas. Je lis toutes vos lettres. Je les garde. Je vais mieux. J'ai arrêté de boire. Je vais m'occuper ainsi : faire des films. Je serai moins seule.

Je recommence à lui écrire, plusieurs fois par jour, je deviens fou, je bois beaucoup de whisky. Bénédicte ne vient presque plus dans l'appartement. Patrick est malheureux, il est là lui aussi moins souvent. Quand il est là, on boit ensemble. J'écris des poèmes. Des textes courts. Tapés sur une vieille machine prêtée par Bénédicte. Je me prends d'une passion violente pour cette machine grise. Des soirées entières, je tape quelques mots. Je trouve un titre épatant : *Douleur exquise*. On boit. Je prends du Mandrax pour dormir. Je me lève dans l'après-midi. J'écoute India Song. Je suis seul dans l'appartement de la rue Eugène-Boudin.

Un jour Bénédicte me dit que je dois partir, quitter l'appartement, que son frère va venir à Caen, faire médecine, qu'il va s'installer ici, dans la chambre que j'occupe.

Je pars. Je trouve une chambre meublée. J'ai avec moi quelques livres enfermés dans une malle en fer.

Et puis, oui, j'y arrive. Un jour de juillet 1980 je téléphone à Trouville. Je sais qu'elle est là. Je lis les chroniques dans *Libération* chaque semaine, elle parle de la Pologne, de Gdansk, elle parle de l'enfant aux yeux gris, de la tête de l'enfant portée comme une émergence mathématique, de la jeune monitrice. Je suis sûr qu'elle m'écrit. Que c'est pour moi, cette histoire.

J'appelle. Je dis : c'est Yann. Elle parle. Ça dure longtemps. J'ai peur de ne pas avoir assez d'argent pour payer la communication. Je suis à la grande poste de Caen. Je ne peux pas lui dire de cesser de parler. Elle oublie la durée du temps. Et elle dit : venez à Trouville, ce n'est pas loin de Caen, on prendra un verre ensemble.

Le 29 juillet 1980 je prends l'autocar pour Trouville. L'arrêt est devant la gare de Deauville. Je marche sur le chemin de planches. Je passe devant les Roches Noires, je ne regarde rien, je monte les marches du grand escalier et je passe, côté rue, devant l'hôtel. Je ne sais pas où est l'appartement. Je n'ose pas regarder, lever la tête. Un parapluie sous le bras alors qu'il ne pleut pas du tout. Je ne sais pas quoi en faire. Je vais dans une cabine, j'appelle. Elle dit : on va se voir dans deux heures, si vous voulez, je travaille, c'est difficile, je ne m'en sors pas. Je rappelle deux heures plus tard. C'est la fin de l'après-midi. Elle dit : c'est pas encore fini, rappelez-moi vers sept heures et achetez une bouteille de vin rouge, rue des Bains. Elle précise le nom de l'épicerie : c'est la meilleure de Trouville. Elle dit : vous avez compris, vous n'allez pas vous tromper ? Je vais rue des Bains, je reconnais l'épicerie, j'achète un bordeaux ordinaire et je pénètre dans le Hall des Roches Noires. Il doit être vers les sept heures en effet. Et toujours ce parapluie imbécile.

C'est au premier étage, vous ne pouvez pas vous perdre dans les couloirs, c'est au fond, à droite du grand miroir.

Je frappe à la porte. Elle ouvre la porte. Elle sourit. Elle m'embrasse. Elle dit : vous savez qu'il y a une sonnette. Quand on frappe on n'entend rien.

J'ouvre la bouteille de vin. Le vin est très mauvais, genre bouchonné. Elle parle, j'écoute. Elle dit : c'est difficile cette chronique toutes les semaines, chaque fois je crois que je ne vais pas y arriver. On boit. Elle parle. Je suis là. Je suis dans cet appartement des Roches Noires. Elle me dit, venez voir, c'est très beau, et il y a deux salles de bains, un luxe inouï, Proust venait ici avec sa grand-mère, avant le Grand Hôtel de Cabourg, il s'installait côté mer. Moi je préfère le côté cour. La mer toute la journée, nuit et jour, c'est impossible.

Je ne dis rien, j'écoute. Et elle dit : venez voir le plus beau de tout, le balcon. Et en face Le Havre, le port pétrolier, et toutes les lumières la nuit, c'est un paquebot qui s'avance vers nous et qui ne bouge pas. J'adore ce balcon et ces cheminées, ces lumières de cristal.

Et puis brutalement il est dix heures.

Elle dit : vous devez avoir faim, moi je n'ai rien, allez au Central, c'est très bon, moi je vais relire mon papier pour Libé. Je n'ose pas entrer au Central, je tourne dans Trouville, du côté du Casino, vers les quais, le marché aux Poissons. Je reviens vers onze heures. Elle dit : c'était bon ? Et moi : il n'y avait pas de place. Alors elle rit : c'est toujours comme ça dans ces endroits en cette saison, bon j'ai un morceau de poulet froid. Je mange. Et elle dit : vous n'allez pas payer une chambre d'hôtel, d'ailleurs tout est comble partout, la chambre de mon fils est vide, il n'est pas là, vous pouvez dormir là. Il y a deux lits. Elle dit : on va aller faire un tour à Honfleur. Je veux vous montrer la splendeur du Havre. Les lumières. C'est la chose la plus belle au monde. Elle conduit. Une Peugeot 104. Elle me montre tout. C'est la nuit. Je dis oui à tout ce qu'elle dit.

On ne s'en lasse pas, de ce spectacle, un jour je vais filmer ça, prendre toutes ces lumières.

Et puis elle se met à chanter, Piaf, la vie en rose, et moi je chante aussi, elle dit : c'est incroyable de chanter faux à ce point, je vais vous apprendre. Et on chante tous les deux *La vie en rose*. Et on revient dans le Hall des Roches Noires. On s'assoit dans les grands fauteuils face aux miroirs, face aux baies ouvertes vers l'Atlantique. Ce Hall de légende. Elle veut boire un verre de vin, je monte chercher la bouteille dans l'appartement. Elle dit : c'est un endroit extraordinaire ici, ce silence. Vous entendez. Je dis oui. Nous buvons. Ce bruit de l'eau dans ce silence du Hall. Nous remontons dans l'appartement. Elle me donne une paire de draps. Elle m'embrasse.

Je suis ici. Avec elle. Je reste. Je ne vous quitte pas. Je reste. Je suis enfermé avec vous dans cet appartement suspendu au-dessus de la mer. Je dors dans la chambre de votre fils, dans le deuxième lit. Vous dormez dans la grande chambre du côté de la cour. Et très vite je suis aussi avec vous dans la chambre noire. On ne se quitte pas. On boit. Je reste. Je tape les chroniques pour Libé. Vous dictez. J'ai peur de ne pas bien suivre, je ne sais pas bien taper, avec trois doigts, elle rit, elle dit je n'ai jamais vu quelqu'un taper aussi vite avec deux doigts. Et nous sommes là avec l'enfant aux yeux gris et la jeune monitrice, et la Pologne, et les nuits de Mozart, et la ritournelle, *il y a longtemps que je t'aime, jamais, jamais je ne t'oublierai,* et on boit du vin, et on va à Honfleur, et on rit et on chante Piaf. Elle dit : ça va mieux, votre voix est moins fausse, vous allez y arriver.

Parfois vous vous enfermez dans votre chambre. J'attends dans le salon, allongé sur le divan couvert de coussins. Je regarde la hauteur des fenêtres, le rose pâle des rideaux brûlé par le soleil de tous les étés. Je ne fais rien. Je mets le couvert.

J'attends.

C'est incroyable de ne rien faire à ce point-là, ce n'est pas mal non plus, vous avez toujours été comme ça ?

En septembre 80 les chroniques hebdomadaires pour *Libération* sont publiées aux Éditions de Minuit. Le livre s'appelle *L'Été 80.* Il m'est dédié. Désormais je porte le nom de Yann Andréa.

Le nom du père, elle le supprime. Elle garde le prénom, Yann, c'est-à-dire Jean, Jean-Baptiste, ma fête est le 24 juin. Et elle ajoute le prénom de ma mère : Andréa. C'est sûrement en raison de la voyelle répétée, le a, l'assonance, qu'elle choisit le prénom de ma mère. Elle dit : avec ce nom, vous pouvez être tranquille, tout le monde va le retenir, on ne peut l'oublier.

Elle avait supprimé le nom du père, Donnadieu, choisi le nom de Duras, le village du Lot-et-Garonne, proche de la maison du père à Pardaillan. Nous avons tous les deux des noms d'emprunt, des noms de plume, des noms faux et qui deviennent vrais puisqu'ils ont été choisis et qu'ils sont écrits par elle. C'est elle qui les écrit, justement, et qui ordonne ainsi la filiation de l'esprit.

Tout peut commencer puisque je suis

nommé par elle et que ce nom est écrit dans un livre, *L'Été 80*.

Quelques mois plus tard, elle tourne *Agatha*, cette histoire d'amour entre le frère et la sœur. Le titre complet du film est : *Agatha et les lectures illimitées*. C'est aussi une pièce de théâtre. Le film est tourné à Trouville. Bulle Ogier figure la sœur et moi le frère. Et la voix off du film est celle de Duras pour la sœur et ma voix pour celle du frère.

Le tournage est terrible. Je ne sais rien faire, je ne comprends pas, je ne sais pas marcher, elle me fait traverser le Hall des Roches Noires pendant des heures, je ne sais plus comment avancer. Elle crie, elle veut me faire marcher selon elle, à son propre pas, et je n'y arrive pas, à la fin elle me fait asseoir dans un fauteuil et elle me filme de très près, le visage, seulement le visage. Je regarde la caméra et elle, elle me parle, elle me dit le texte de *Agatha*, cet amour entre ce frère et cette sœur. Les plans seront utilisés pour le film qui s'appelle *L'Homme Atlantique*. C'est un film de cinquante minutes, entièrement noir. On entend sa voix, seulement sa voix, sa voix de Duras dans le noir de l'image noire et parfois mon visage apparaît, elle me parle, elle dit qui je suis, elle essaie de comprendre quelque chose de moi, de cette personne qui s'appelle Yann. Elle parle, elle écrit, elle me parle, elle me sort du noir, elle me laisse seul assis dans un fauteuil, seul dans le Hall des Roches Noires à Trouville, seul face à la mer, à l'Océan Atlantique.

Qui êtes-vous ? dit-elle.

Le film sort dans une seule salle à Paris, l'Escurial, boulevard de Port-Royal. Elle écrit un article dans *Le Monde*. Elle dit dans ce court texte comment aller à ce cinéma, elle indique les numéros des bus, les heures des séances et elle dit aussi : surtout n'y allez pas, ce film n'est pas fait pour vous. Vous ne pouvez pas comprendre. N'y allez pas.

Pourquoi ? Je crois comprendre ceci : elle veut garder ce texte, elle veut garder ce film, elle veut garder la voix, elle veut garder l'image, mon visage, pour elle toute seule. Elle ne supporte pas que quelqu'un puisse me regarder, voir ce qu'elle voit de moi. Ne supporte pas, non. Elle souffre. Elle a peur aussi d'être moquée. Elle a peur de tout. Et cependant le texte est publié aux Editions de Minuit, et le film fait le tour du monde dans les festivals.

Elle dit : c'est ce que j'ai écrit de plus beau. C'est mon plus beau film. Vous êtes magnifique. Il faut rester comme ça, comme vous êtes, ce regard perdu, ce regard qui ne sait pas, rien et pourtant, moi, je sais quelque chose et je vous appelle l'homme Atlantique, vous êtes ça, désormais. C'est moi qui vous le dis. Il faut me croire.

Et moi je suis en pleurs quand je lis le dernier état du texte, je vois quelque chose de moi qui ne serait pas moi, comme si moi je ne devais rien savoir de ça en effet. Elle dit : non, ne pleurez pas, ce n'est pas triste, en rien, en aucun cas. Il s'agit de vous et pas de vous, oubliez votre personne, ça n'a aucune importance. Il ne faut pas se prendre pour un héros. Vous êtes rien. C'est ce qui me plaît. Restez comme ça. Ne changez pas. Restez. On va lire ensemble.

Et je lis à voix haute les pages de *L'Homme Atlantique* et je ne pleure plus, et elle écoute, elle ne fait que ça, elle entend les mots écrits par elle et lus par moi et plus rien n'existe que cette voix, ces mots et ce regard qui regarde. Quoi ? Elle dit : c'est magnifique. J'adore votre voix. C'est comme ça qu'il faut dire ce texte.

Elle est proche des larmes. Elle dit : il ne faut pas avoir peur de pleurer, pleurons, allons-y.

On est resté à Trouville jusqu'au mois de novembre. Trouville désert. Les Roches Noires vides. Que nous. Elle dit :

regardez, nous avons l'hôtel pour nous, c'est formidable. Et le soir tard dans la nuit on boit du vin rouge dans le Hall. On fait des balades dans la nuit, toujours le même trajet, soit vers Honfleur, soit vers Cabourg. Elle dit : c'est le plus beau pays du monde, regardez.

Elle m'apprend à conduire : j'en ai marre de conduire, j'aimerais que vous conduisiez.

J'apprends. De plus en plus souvent c'est moi qui conduis la voiture. Elle m'indique le chemin : tournez à droite, ralentissez, vous ne vous en tirez pas trop mal. Et on boit de plus en plus. On s'arrête dans des bistrots. Moi je bois des whiskies, elle toujours du vin rouge. Elle dit : l'alcool, c'est fini, je ne supporte plus que le vin.

Parfois elle va à Paris. Elle me laisse aux Roches Noires. J'attends. Elle revient. Elle ne veut pas me montrer. Elle dit : ce n'est pas la peine. Vous n'avez rien à faire à Paris, vous êtes très bien ici dans cet appartement merveilleux où vous ne faites rien.

Elle me tient enfermé dans la chambre noire. Ne supporte pas que quelqu'un d'autre puisse me regarder. Elle veut être la préférée. La seule. A tous. A tout le monde. Et moi de la même façon je suis le préféré.

On se plaît.

On se plaît infiniment.

On se plaît absolument. On se plaît pour toujours, de toujours à toujours et pour toujours. On le sait. On ne le dit pas. Surtout ne pas le dire. Écrire simplement. Faire des livres, écrire des histoires, des histoires d'amour. Vivre comme si c'était pour écrire des livres, alors que non, on le sait, ce n'est pas ça qui est écrit, et cependant il faut en passer par là, par cette vie à Trouville, être ensemble, faire des scènes, se faire le plus grand mal, comme si c'était nécessaire, et ça doit l'être, moi je ne comprends pas très bien. Mais puisqu'elle le fait, mais puisqu'elle le dit, ça doit être vrai. Je ne sais rien. Je suis perdu. Je ne vois plus la différence entre les livres qui s'écrivent et cette histoire-là, cette histoire entre elle et moi. Elle dit : il n'y a rien à comprendre, cessez avec ça, ne faites pas tout le temps l'enfant.

On achète le disque de Hervé Vilard : *Capri c'est fini*. Elle adore. Elle dit : c'est la plus belle chanson du monde. Et on chante. Il n'y a personne aux Roches Noires. Pendant des heures. Et brusquement ça cesse : Yann on va se balader à Honfleur, voir les lumières du Havre.

Un soir, je ne sais pas comment ça a commencé, elle met toutes mes affaires dans une valise et elle jette la valise par la fenêtre. Elle dit : je ne vous supporte plus, il faut immédiatement que vous partiez, que vous retourniez à Caen, c'est fini. Elle m'embrasse. Je sors, je ramasse la valise dans la cour. Je pars. Elle est sur le balcon. Elle dit : Yann, prenez ça. Elle lance quelque chose et je vois que c'est le disque de Hervé Vilard. Je marche jusqu'à la gare de Deauville. Il doit être minuit, je prends un taxi et je vais à Caen, à l'hôtel Le Métropole, près de la gare. Je regarde la pochette du disque, le visage de Hervé Vilard et je vois ces mots écrits : adieu, Yann, pour toujours. Et c'est signé : Marguerite. J'appelle les Roches Noires.

Elle dit : non, c'est trop difficile, je ne vous supporte plus, c'est fini. Ne revenez pas.

Le lendemain matin je prends un taxi et je frappe à la porte. Elle ouvre. Elle dit : on vous met à la porte et vous revenez, vous n'avez aucune dignité. C'est incroyable un mec pareil, c'est impossible. On s'embrasse. On boit un verre de vin. Elle dit : j'espère que vous n'avez pas oublié le disque.

Et *Capri c'est fini* recommence, encore, beaucoup de fois, dans les Roches Noires. Il n'y a rien de plus beau, dit-elle.

Je pars trois jours chez ma mère qui habite à ce moment-là dans les Deux-Sèvres avec son mari. Ma mère comprend immédiatement que cette histoire est une histoire qui ne peut pas finir. Et l'extra-ordinaire c'est qu'elle trouve ça normal, totalement normal, comme quelque chose d'évident et de nécessaire. Elle ne me le dit pas sur le moment, elle me le dira plus tard.

Je reviens à Trouville. On se donne ren-dez-vous dans un bar près de la gare, le Nautica. Elle arrive. Elle est maquillée. Une couche épaisse de fond de teint, un rouge à lèvres rouge vif, très fort. Une pute. Elle sourit. Elle a cent ans. Elle a mille ans. Elle a aussi bien quinze ans et demi et elle va traverser le fleuve, et la très belle automobile du Chinois va l'emporter à travers les rizières jusqu'au lycée Chas-seloup-Laubat de Saïgon.

On est là. On boit du vin rouge. Elle dit : je vais vous montrer Barneville-la-Bertrand. J'aime beaucoup ce nom, la Bertrand.

Elle dit : est-ce que vous m'aimez ? Je ne réponds pas. Je ne peux pas. Elle dit : si je n'étais pas Duras, jamais vous ne m'auriez regardée. Je ne réponds pas. Je ne peux pas. Elle dit : ce n'est pas moi que vous aimez, c'est Duras, c'est ce que j'écris. Elle dit : vous allez écrire je n'aime pas Mar-guerite. Elle me donne un stylo, une feuille de papier et elle dit : allez écrivez, comme ça ce sera fait. Je ne peux pas. Je n'écris pas ce qu'elle me demande d'écrire, ce qu'elle ne veut pas lire. Elle dit : Yann, si je n'avais écrit aucun livre, est-ce que vous m'aimeriez. Je baisse les yeux. Je ne réponds pas. Je ne peux pas. Elle dit : mais qui vous êtes vous, je ne vous connais pas, je ne sais pas qui vous êtes, qu'est-ce que vous faites ici avec moi. C'est peut-être pour l'argent. Je vous préviens, vous n'aurez rien, je n'ai rien à vous donner. Je les connais les escrocs, vous savez, on me la fait pas à moi.

Silence.

Elle dit : il fallait que ça tombe sur moi, un type pareil, qui se tait, qui ne dit rien, un type qui ne sait rien à rien, ignorant de tout. Il fallait que ça m'arrive, je n'ai pas de chance, mais vous n'allez pas rester ici, vous allez retourner là d'où vous venez, j'en ai marre, vous n'avez rien à faire ici, je ne vous connais pas, je ne sais pas qui vous êtes.

Cette scène se passe souvent. Elle ne me supporte pas. Elle ne se supporte pas. Elle me met à la porte. Elle me menace, vous n'avez rien ici, tout est à moi, tout, vous entendez, l'argent est à moi et je ne vous donnerai rien, pas un centime, vous êtes un double zéro, un nullard de première. Elle ne comprend pas pourquoi j'insiste, pourquoi je reste, là, avec elle, seul avec elle, et elle seule avec moi. Parfois c'est insupportable, elle veut tout casser, tout détruire, me détruire, me battre, m'insulter, me mettre à mort, me tuer. Elle dit : j'ai envie de tuer. Elle ne dit pas vous tuer, non, elle dit j'ai envie de tuer. C'est irrésistible. Elle comprend parfaitement. Tout. Et cette lucidité est atroce. Et le monde entier devient atroce, le monde entier est une souffrance et moi aussi puisqu'elle voit que je suis là, elle me voit, et parfois elle ne veut plus voir ce que je suis, ce qu'elle ignore et ce qu'elle sait cependant de moi. Elle ne veut plus, elle veut tuer, se tuer. Elle veut mourir. Elle veut me voir mort avec elle. Elle veut disparaître. Que la souffrance cesse, que je cesse de la faire souffrir. Malgré moi, je lui fais une certaine peine. En toute innocence. Je provoque de la souffrance. Comme un chagrin immédiat.

Un adieu violent quand vous me regardez.

Je ne suis à personne. Je suis là pour rien.

Elle dit : c'est le principe même de votre existence que je ne supporte pas. Vous êtes impossible.

Je ne pouvais pas faire autrement. Elle ne pouvait pas faire autrement. Il fallait

34

cette peine, cette souffrance, et passer outre, passer outre à ce malheur singulier d'être seul, irrémédiablement seul, et faire des livres, faire des mots. Pas de la littérature, non, autre chose, essayer de comprendre quelque chose de moi, quelque chose de ce visage qui la regarde, qui voit quelque chose d'elle. Et parfois elle ne supporte pas. Et cependant on reste là, enfermés l'un et l'autre dans la chambre noire dans cet Hôtel des Roches Noires à Trouville, et la nuit, en voiture, vers Blonville on longe la mer, et elle dit, regardez, regardez cette chose noire, tellement noire, écoutez le bruit qui ne cesse pas, ce mouvement immobile, regardez, moi je l'appelle the Thing. Cette masse d'eau. Et la terre autour.

Et elle ajoute : ce n'est pas mal trouvé, the Thing, non ?

On est enfermé ensemble et on écrit. Je suis là et je tape les mots, les phrases, je ne cherche pas à comprendre, j'essaie seulement de taper assez vite pour ne pas oublier un mot, pour suivre parfaitement ce qui est en train de s'écrire. Et dans ce moment il y a, je dirais ça comme ça, une troisième personne avec nous. Nous on n'existe plus. Il n'y a plus de nom, il n'y a plus de nom d'auteur, il y a simplement de l'écriture qui est en train de se produire. Et c'est une émotion telle. Une émotion non pas liée à la beauté, non, pas seulement, je ne crois pas. Plutôt ceci : une émotion de la vérité. Que quelque chose de vrai est en train d'être dit, d'être écrit pour toujours. Quelque chose de la vérité. La vérité millénaire, quelque chose que nous reconnaissons elle et moi immédiatement, quelque chose qui m'est dit à moi, qu'elle sait pouvoir me dire à moi, et à moi seul.

On ne sait pas.

Elle ne sait pas qui écrit. Jusqu'au dernier jour, elle dit ça : je ne sais pas qui écrit, je ne sais pas ce que c'est écrire. Et cependant elle écrit, elle fait ça chaque jour de sa vie, même quand elle n'écrit pas elle écrit. Elle voit quelque chose. C'est irrésistible. Elle sait que ce n'est pas la peine, que jamais écrire ne tiendra lieu d'absolu, que jamais Dieu ne sera atteint et cependant il faut le faire, tenter cette humilité de tous les jours, écrire, essayer d'atteindre le mot. Dicter des mots. Et après on voit. Après, quand la page est écrite, elle relit la page et elle dit : ça me bouleverse d'écrire des choses pareilles.

Je ne dis rien, j'écoute la voix dire ses propres mots. *La Maladie de la mort* est en train de s'écrire.

C'est très difficile à faire, elle est dans une concentration intégrale, elle cherche le mot, elle le trouve, elle détruit la phrase, elle cherche autre chose, d'autres mots, une ponctuation, pour une page faite je tape une dizaine de pages. Parfois la voix n'est pas très claire et j'ai peur de ne pas bien entendre le mot. Je n'ose pas la faire répéter. Je me débrouille. Je tape. Et elle trouve le mot. Et le livre se fait. Ça avance. Elle dit : je crois que je vais y arriver. Je ne suis pas encore sûre, mais ça va être un livre. Une chose jamais encore faite.

Chaque fois c'est toujours le premier grand livre. Elle dit : je crois que c'est terminé, qu'après ce livre je ne peux plus rien écrire, c'est fini. C'est terrible et en même temps je serai débarrassée de cette corvée.

Et chaque fois, c'est inévitable, c'est comme un malheur merveilleux, ça recommence, elle écrit. Elle fait ça, écrire, elle n'y peut rien, et moi je suis là, j'attends, je ne dis rien, j'attends, je suis là pour ça, pour les mots qui vont être écrits, les mots qui seront lus par des lecteurs dans le monde entier, je suis là pour ça, pour elle aussi bien, pour cette femme seule qui veut être seule au monde avec moi, qui veut à chaque seconde du jour et de la nuit être la préférée.

Personne au monde sauf moi. Et en effet vous êtes ma préférée et je suis le préféré. Plus que tout au monde. Nous sommes là, together, oui, pour toujours et cependant nous savons aussi que du temps se passe, que du temps a déjà passé, qu'il nous reste encore du temps, qu'il faut écrire, dire quelque chose, on ne sait pas quoi, le dire. Y aller. Et aimer. Aimer encore davantage. Qui ? Vous. Moi. Oui, et davantage encore.

On ne sait pas. Ce que l'on sait, vous et moi, c'est ça : on se plaît. Quel événement. Quelle histoire. Quel amour. On ne tient pas ensemble, c'est impossible et cependant on ne peut pas faire autrement : se plaire encore plus.

Je dis ceci : dans l'émerveillement de la rencontre, pendant le désormais fameux été 80, il y a la voix. Sa voix. La façon de dire entièrement les mots, la façon d'aller chercher le mot, de trouver le mot juste, le mot vrai, de laisser le mot arriver jusqu'à la bouche en passant par le silence de la pensée.

Je l'écoute pendant des heures. J'entends quelque chose. Et je vois quelque chose. Et je m'aperçois très vite qu'il n'y a pas de séparation entre la voix de tous les jours, la voix de la parole courante disons-le comme ça, et la voix qui dicte un texte, la voix qui est en train d'écrire, la voix qui essaie de voir quelque chose, de nommer quelque chose, qui tente à chaque instant d'être, d'être dans la vérité. C'est un effort, c'est une tension, c'est une souffrance, c'est une grâce de tous les instants.

Elle dit par exemple : allons à Touques. Et la façon de dire ce mot, Touques, me ravit. Je lui dis : dites-le-moi encore, et elle rit et elle le fait, elle répète le mot pour moi, pour elle aussi : Touques.

Quand elle parle, elle semble inventer le mot, et moi j'entends le mot pour la première fois, comme s'il n'avait jamais été dit avant. Jamais. Et ce sont des mots simples, des mots usés, des mots de tous les jours, des histoires racontées de quatre sous, la petite fille de Nevers à Hiroshima. Comme s'il fallait cette banalité pour accéder à la grâce du mot, de la phrase, de la lecture.

A la prière de lire.

Et quand elle lit au cinéma, *L'Homme Atlantique*, elle est l'auteur des mots et l'auteur de sa propre voix. Une coïncidence adorable et bouleversante, comme si elle comprenait davantage les mots écrits par elle. Cette réinvention du mot, oui, comme si le mot simple était inépuisable, comme s'il pouvait être dit et redit sans fin, jusqu'à la pure sonorité d'un sens disparu.

Qui écrit, qui a écrit ça, dit-elle et elle s'enchante de découvrir quelque chose de la vérité.

Je suis embarqué dans cette histoire avec elle, cette femme qui écrit, cette femme impossible, cette femme débordée par elle-même, débordée par le monde entier, par l'injustice, par la beauté, par la souffrance, par l'amour, par tout le fatras et d'elle et de moi et de cette histoire qui se passe là entre elle et moi et pas seulement entre elle et moi, non, elle le sait, et moi aussi, et cependant il ne faut pas trop le savoir, faire comme tout le monde, faire des scènes, faire des insultes, faire la méchante, faire la cuisine, faire l'amour aussi bien, tout le bordel du monde puisque nous sommes dans le monde, puisque nous participons au monde, puisque nous ne sommes pas séparés de l'humanité, puisque tandis qu'elle écrit, elle le fait aussi pour le monde entier comme pour moi puisque c'est moi qui suis là.

Elle dit : Yann, il ne faut pas se croire désigné, pas se croire un héros. Pas se croire tout court. Je ne sais pas qui vous êtes. On ne sait pas.

Je suis transporté dans cette histoire du jour au lendemain, comme si elle avait toujours commencé, comme si l'histoire je l'avais prise en route, elle m'embarque dans son histoire, ses histoires, et quelle histoire on ne sait pas, moi je ne sais rien, j'essaie de suivre, je ne comprends que très peu ce qui arrive, je sais simplement

40

que je suis là, avec elle, depuis avant toujours et jusqu'à toujours. Je n'y peux rien. Elle n'y peut rien. On n'est en rien responsable, elle et moi, on est comme deux enfants posés dans le monde. A la table. A écrire. Je suis là. Dans le lit, dans la cuisine, dans la voiture, dans les rires, dans les insultes, dans les textes, dans la dictée des mots qui s'inventent, je suis là, j'y suis contraint, je ne peux pas me sauver, elle veille, elle a l'œil sur tout, je ne peux rien faire d'autre, qu'être là, pour elle, exclusivement, intégralement, jusqu'à n'en plus pouvoir, jusqu'à l'envie de tout quitter, jusqu'à l'envie de me tuer, de ne plus la voir, jusqu'à l'écœurement. Elle tient bon. Je ne dois regarder personne, toujours elle, celle qui est là et celle qui écrit. Et elle me regarde sans fin, elle insiste, elle ne me lâche pas. C'est invivable. C'est insupportable. Je suis le préféré. Elle est la préférée.

Comment faire, comment tenir, comment faire pour rester en vie, comment faire pour que le temps passe, que le temps se fasse, toutes ces journées, toutes ces nuits, on n'en peut plus, je veux partir. Elle dit : ne partez pas puisque vous reviendrez, c'est impossible autrement. On n'y peut rien.

Et en effet je suis toujours revenu, je suis toujours là avec vous, près de vous

dans cette proximité intolérable et nécessaire, dans ce lien qui se fait et se défait à
chaque moment, dans ce lien qui
s'invente tous les jours, toutes les nuits.
Ce lien qu'elle veut à tout prix et qui
l'enchante et qu'elle veut détruire dans un
mouvement presque simultané. Comme si
l'amour était ce point jamais atteint et
cependant là, déjà là. Un point mathématique : clair et inexpliqué. Elle dit :
n'essayez pas de comprendre, vous n'y
arriverez pas, personne au monde. Il n'y a
rien à comprendre. Moi-même je ne sais
pas.

Elle ajoute : si vous n'êtes pas content,
vous pouvez partir, vous n'avez rien ici,
deux sacs, et hop, vous fermez la porte et
moi je suis débarrassée de vous. Enfin.

J'étais là pour tout. Pour rien. Je pouvais partir à tout moment. Je ne pouvais pas le faire. On s'aime. On cesse de s'aimer. Et ça recommence. Quoi? Les livres qui s'écrivent, on y revient, c'est inévitable. Un jour, je dis : si demain je meurs, si demain je me tue, vous ferez un petit livre dans les quinze jours, je suis sûr que vous le ferez. Elle dit : Yann, je vous en supplie, ne dites pas ça, non. Pas un petit livre. Un livre.

Silence.

Nous sommes à Lisbonne. C'est une rétrospective des films Duras. C'est ma première sortie officielle avec elle. Je ne sais pas où me mettre. Elle ne me présente à personne, ne dit rien, me laisse en plan. Réception à l'Ambassade de France. En arrivant, elle donne *L'Été 80* à l'ambassadeur, et elle dit : vous voyez, c'est lui, Yann Andréa, le livre lui est dédié.

L'ambassadeur me salue. Je voudrais tout quitter. Partir. Ne pas être là. Pendant le dîner, quelqu'un me demande ce que je fais. Je ne sais pas quoi répondre et puis je dis : rien. Elle est assise près de l'ambassadeur de l'autre côté de la table et elle entend le mot : rien. Elle dit très fort : c'est formidable ce que vous venez de dire, il faut vous tenir à ça. Je ne sais plus qui regarder, comment manger. Elle continue à parler avec l'ambassadeur. Et puis elle ajoute en s'adressant à moi, voix toujours très forte à travers la table immense : c'est magnifique, il faut avoir le courage de dire ces choses, vous ne faites rien, c'est exactement ça.

Silence. Puis la conversation reprend. Moi je fais en sorte de ne rien voir, de ne rien entendre. Je fais en sorte qu'elle ne soit pas là. De l'oublier.

La phrase, fameuse, qui revient souvent, dans *Hiroshima, mon amour* : tu me plais quel événement. Cette phrase je la comprends seulement vraiment maintenant. Et plaire, c'est plaire totalement, y compris le corps. Se plaire aussi physiquement c'est ça, oui. Et faire l'amour aussi. Il faut aussi le corps physique. La peau. Elle dit : regardez, Yann, j'ai une peau intacte, c'est à cause de la pluie de la mousson, vous savez, eh bien la peau est restée intacte, il n'y a que le visage qui a été détruit. Le reste, non. Et les jambes, regardez mes jambes, elles sont longues et fermes, des jambes de garçon. Ça ne change pas, les jambes. J'ai de la chance.

Et c'est vrai. C'est vrai nous avons le même âge. On se plaît. Toujours cet événement qui se répète, qui ne s'épuise pas, qui se renouvelle par une sorte de grâce vraie et qui est dite avec des mots. Certains mots. Elle dit : quand on est intelligent, on est intelligent sur tout. Pour faire des livres, pour le jardinage, l'amour, tout. L'intelligence est totale ou elle n'existe pas.

Et moi je dis ceci : c'est sans fin. C'est l'invention, c'est la fantaisie, c'est le rire, les éclats de rire, le n'importe quoi, les valises par les fenêtres, les coups et les insultes, c'est tout ce qu'on veut puisque avant tout, avant toutes ces choses de la vie, dans la vie, il y a l'intelligence de vous et de moi. On ne peut pas se départir de ça. La peine d'être ensemble. Ce n'est pas la peine et cependant c'est quand même la peine, les histoires d'amour ce n'est pas la peine et cependant c'est la peine, c'est la barbe de tout, de la vie, de vous, de moi et cependant pas puisqu'on se plaît, puisqu'on en fait cet événement considérable, se plaire, together, et vous le dites et vous l'écrivez, et dans le lit et dans les livres et moi je le crois. Dur comme fer comme vous dites. Je ne comprends pas bien, mais puisque vous le dites, mais puisque vous me le dictez, puisque je le tape à la machine, tout ça, tous ces mensonges, toute cette histoire. Mais quelle histoire dites-moi, à dormir debout, comme vous dites, eh bien, tout ça, ensemble, tout ce fatras de la vie, des livres, de vous et de moi, ça existe, c'est vrai. On y croit. On y va. On le fait. Tout. Et l'amour et les livres. Et tout le reste. Jusqu'au bout. Jusqu'à maintenant, aujourd'hui ça continue puisque je vous écris, je fais ça, oui, j'écris. Vous dites : Yann, vous n'avez qu'une chose à faire : écrivez. Je le fais. I do it.

Je peux dire ainsi : elle invente, elle y croit, elle m'invente, elle me donne un nom, elle me donne une image, elle m'appelle, personne ne m'a jamais autant appelé qu'elle, jour et nuit, elle me donne les mots, des mots, ses mots à elle, elle donne tout, et moi je suis là, je suis là pour ça. Je ne pose pas de questions, je ne demande rien. Pendant toutes ces années, pas une fois elle ne demande ce qui me ferait plaisir, comme on dit, jamais un menu qui ne soit décidé par elle, jamais une promenade en voiture sans que ce soit elle qui décide où elle veut aller, ça ne lui traverse pas la tête qu'elle pourrait demander où je voudrais aller, non pas du tout, ni ce que je voudrais manger. Non, pas du tout. Jamais. Elle dit : Yann, ces poireaux vinaigrette, c'est la chose la meilleure du monde. Et pendant dix jours je prépare des poireaux vinaigrette et chaque fois ça recommence, c'est l'enchantement, c'est la chose la meilleure du monde, tous ceux qui n'aiment pas les poireaux ne méritent même pas d'exister, ils n'existent pas, on ne veut pas les connaître, surtout pas. Quelle horreur ces gens qui n'aiment pas les poireaux. Et puis ça cesse. Pendant deux semaines c'est la salade dite vietnamienne. Que ça.

Elle dit aussi : où pourriez-vous aller, dites-moi. Vous vivez avec une femme remarquable, très intelligente et vous ne faites rien, vous êtes logé-nourri à l'œil. Le monde entier voudrait être à votre place.

Et en effet c'est vrai. Et en effet pourtant j'aurais envie parfois de ne pas manger les poireaux, les soupes chinoises, les dubliner's potatoes, pas envie d'aller à Orly à trois heures du matin, pas envie qu'elle soit là, tout le temps. Envie d'être seul. Pas le préféré. Plus d'amour.

Elle dit : c'est impossible.

Je dis assez rarement, mais quand même ça m'est arrivé : Duras j'en ai assez, Duras je n'en peux plus, Duras c'est fini.

Elle laisse la colère se faire, les insultes

elle les laisse se dire et puis elle s'approche de moi, elle me prend la main : non, ne dites pas ça, ce n'est pas vrai, on n'en a jamais fini avec Duras, et vous le savez.

On n'en finit pas. Ça ne cesse pas. C'est impossible. Tout recommence. Ce n'est jamais assez. Encore. Et de l'amour encore. Oui, c'est ça, des histoires à n'en plus finir, des rengaines, des *Capri c'est fini*, en veux-tu en voilà, des fous rires, des scènes encore et encore.

Il faut y aller Yann, vous n'êtes pas un pur esprit, pas du tout, aimez-moi, vous n'avez que ça à faire. Je le sais pour vous. Et moi je le fais, et moi j'obéis. Et le plus formidable, le plus faramineux, le plus mirobolant, c'est que ça marche. Les livres se font, les pièces de théâtre, les films, tout marche, c'est un succès mondial. Elle dit : Duras c'est devenu un phénomène cosmique. Elle ne rit pas. Elle a quinze ans, elle est déjà la littérature. Elle est dedans, elle fait ça, sa vie entière, à tout prix, rien d'autre ne compte, moi je ne compte pas, je n'y suis pour rien dans cette histoire puisque c'est elle qui invente tout, de a à z, tout. Elle dit : vous savez que je n'invente rien, vous savez que je ne mens jamais, jamais une seule fois. Moi, je ne fais pas de la littérature. Moi, je fais des livres. Vous comprenez ou quoi ?

48

Je fais celui qui comprend. Je fais l'amour, je fais la cuisine sous dictée, je fais les livres sous dictée, je conduis la voiture sous dictée, je suis là, je suis tout à vous. Et vous ? Parfois on danse, vous aimez beaucoup danser, vous dites : je danse à la perfection, je n'y peux rien, c'est comme ça. Les gens qui ne savent pas danser, les gens qui ne bougent pas c'est toujours très inquiétant.

Écrire ce serait trouver le bon mouvement, la bonne vitesse, vous croyez, une manière de danser ?

Je ne sais pas, je ne peux pas répondre à ça, je ne parle pas comme ça.

Elle vit dans une sorte de survie de chaque instant. Une urgence. Comme si demain, comme si l'heure à venir n'allaient pas exister. Comme s'il fallait vivre un présent perpétuel, un présent qui est sans passé et sans avenir, un présent tout court qui emporte tout, qui remplit tout, et l'espace et le temps, et moi et elle et le monde entier. Un présent qui se fait comme l'éternité pourrait se faire à chaque seconde.

Vous êtes ainsi : sans projet, sans savoir quoi faire, dans un état de sauvagerie, un état très primitif, proche des hommes des cavernes, proche des mains négatives, proche des hommes anciens qui ne connaissent même pas le nom de Dieu et qui implorent, les mains vides face au ciel, proche de tous ces gens, vous êtes seule avec eux et moi je suis là, avec eux et avec vous.

Nous sommes là. Et les livres sont là. Et la lecture peut se faire, il suffit d'ouvrir un livre, il suffit de lire, de lire vraiment chaque mot, de faire une sorte de mot à mot.

Vous êtes là avec le lecteur qui lit, avec moi qui lis les mots, mais vous, qui êtes-vous, je le demande à mon tour.

Elle est toujours au bord de ne pas écrire, elle est toujours sur le point de tout quitter, et les mots et la vie. Et cependant non. Elle vit. Elle écrit. Elle aime. Tout. Le monde entier. Les huîtres, à la folie, les promenades le soir tard le long des quais de la Seine, jusqu'au Pont de Neuilly et retour jusqu'à Notre-Dame.

Regardez cet amas de pierres, ce gris sublime, et ce fleuve, la Seine, ce nom magnifique, regardez encore.

Elle regarde le visage des personnes croisées dans un bistrot, elle veut comprendre quelque chose de ce visage devant elle, elle regarde, elle voit quelque chose, elle ne dit rien, je la laisse regarder et puis c'est toujours brutal, elle cesse de le faire. Il faut rentrer rue Saint-Benoît toutes affaires cessantes, le monde est devenu horrible, insupportable, elle ne peut plus se voir dans le monde, elle veut se cacher s'enfermer dans la chambre, ne rien faire, elle se met à m'insulter, à me détester, elle dit : le monde est tellement injuste, tellement méchant qu'il faut que j'en passe par là, par cette forme de méchanceté à votre endroit. C'est comme ça. Je n'y peux rien.

Elle va dans sa chambre. Elle s'assoit à son bureau. Oui, peut-être elle va écrire. Elle prend une feuille de papier. Elle va trouver un mot et puis un autre, elle va s'y mettre, elle ne peut pas rester dans un tel malheur, non, elle ne va pas se tuer, elle va écrire.

Elle écrit. Elle m'appelle : je vais vous lire quelque chose, on va voir ce qu'on va en faire.

Et voilà. Elle ne peut pas s'arrêter, elle ne va pas lâcher, ne lâche rien, pas la vie, pas l'amour, pas moi, non Yann, restez, où iriez-vous, et où irait-elle, on ne peut pas, on ne peut qu'être là, à la table, et entendre les mots qui arrivent sur la page, dans la voix, sur la feuille. Et elle est émerveillée par ce qu'elle écrit : c'est moi qui écrit ça ? C'est vous, je dis, c'est vous. Oui, c'est pourtant vrai et c'est très beau.

Quand nous sommes là de chaque côté de la table, que ce soit à Paris, à Trouville, à Neauphle-le-Château, que ce soit n'importe où dans le monde, rien ne se passe, rien ne peut exister que ça, ce qui va se produire sur la page.

Et puis ça arrive aussi brutalement, comme quitter un visage qu'on regarde vraiment, il faut que ça cesse. Les mots ne sont plus là. Elle s'arrête d'écrire. Elle croit que ce n'est pas la peine peut-être d'écrire, elle croit qu'elle ne va pas y arriver, elle croit qu'elle ne sait pas écrire, elle croit qu'elle n'écrira plus jamais. Elle ne sait plus rien. Elle se tait. Je ne dis rien. Je sais qu'il va falloir aller chercher la voiture, je sais qu'elle va devoir quitter la table, la chambre, tout ça qui ne veut plus rien dire, qu'elle ne comprend plus, qu'elle cesse de vouloir comprendre tellement elle comprend, tellement elle voit, que la souffrance là aussi est trop forte, pas seulement la souffrance, quelque chose de la vérité peut-être. Et la vérité elle ne peut être dite d'un seul coup, non, il faut des histoires, des histoires d'amour aussi bien, des histoires atroces de meurtres, des histoires banales, il faut faire ça, sinon c'est à se tuer, sinon c'est à mourir.

Allez, on va aller au Bon-Marché acheter des poireaux, j'ai envie d'une soupe.

Et puis elle dit : comment faire pour écrire le mot éternité, comment faire pour ne pas l'écrire, on ne peut pas, vous êtes d'accord, il faut trouver autre chose.

Et c'est ce qu'elle fait. On va au Bon-Marché, on achète des pommes de terre, des poireaux, quatre c'est suffisant, et elle oublie complètement et le texte en train de se faire et tous les mots. Elle pense à la soupe du soir, elle regarde dans les rayons, les choses, elle dit c'est cher, c'est incroyable, elle regarde les noms, les marques, elle dit, toutes ces marchandises, elle veut tout acheter, prenez trois paquets de café, on en manque toujours, elle oublie, elle veut vivre.

Et puis elle revient à la table et elle continue, les mots reviennent, le mot central est écarté et s'engouffrent d'autres mots, pas à la place de, non, pas pour tenir lieu, non, mais des mots pour tenter de dire autre chose, être dans l'écart. Et de ce lieu vide se tenir dans la vérité. La vérité de quoi, on ne sait pas, le texte ne le dit pas, il n'a pas à le dire, et jamais elle ne se laisse aller à donner une leçon de vérité, à donner des leçons, non, jamais, non, elle écrit. Ne fait que ça. Elle sait qu'il faut trouver d'autres mots, réinventer des mots très anciens. Elle dit : on ne peut presque pas écrire, peut-on faire quelque chose de mieux que le premier livre de la Bible, la Genèse, non, je ne crois pas, cette façon simple de dire, elle est dite une fois pour toutes.

Et le premier jour et la première nuit.

Moi je voudrais avoir écrit ça, ça m'aurait plu tellement. Comment faire pour oser écrire. Et pourtant on le fait, vous voyez.

Vous le faites. Et moi je suis chaque fois dans l'enchantement quand les mots sont là. Quand l'histoire se fait. Je sais que rien ne peut plus vous arriver, que vous ne pouvez pas mourir, que la mort est retardée jusqu'au moins la fin du livre, que vous allez l'écrire entièrement, que vous n'allez pas lâcher, ni le livre, ni vous ni moi, ni les courses à faire au Bon-Marché.

Vous êtes en train de dicter la page qui deviendra celle de la photographie qui manque, la traversée du fleuve, le Mékong, la rencontre avec l'homme qui va sortir de la belle automobile, l'homme de la Chine du Nord, le premier amant. On est à Neauphle, on est assis à la grande table, face au parc. J'attends les mots, je tape sur cette machine à écrire que j'aime beaucoup, une machine noire, haute, une machine à écrire de la guerre m'avez-vous dit. Et nous sommes avec la petite au chapeau d'homme et aux souliers de pute, en lamé, vous, accoudée au bastingage, et dans quelques secondes il va vous proposer une cigarette et vous, vous dites non, je ne fume pas, et vous voyez au doigt du Chinois la bague, les diamants de la bague, l'argent, l'amour, l'histoire à venir, la mère qui sera contente, moins de malheur, et vous à qui il échoit d'écrire cette histoire qui fait le tour du monde. Une pauvre histoire. Une histoire de rien. Et toujours sublime, toujours à écrire, soixante ans plus tard, encore l'écrire, ne pas se lasser d'écrire ça. Et moi je suis là près de vous et je tape ce que vous dites, j'essaie de suivre, de ne pas me tromper, parfois l'émotion est telle, quand vous parlez du petit frère, cet amour-là, Paul, toujours là, intact, la mort du petit frère. Vous ne pouvez pas, votre voix s'étrangle, vous pleurez. Je ne peux pas y croire. Je cesse de taper. J'attends. Ça va passer. Et puis ça passe. Et puis vous reprenez, vous reprenez le fil de l'histoire, et apparaît Hélène Lagonelle, et ça me plaît beaucoup ce mot, Lagonelle. Elle dit : à moi aussi, il me plaît, vous l'auriez adorée, Hélène, elle m'aimait à la folie, elle aurait tout quitté pour moi, elle m'adorait.

On devient fou de cette histoire, vous et moi, on se demande comment ça va se passer, si la petite va sauver la famille de la misère, si le Chinois va épouser la petite, mais non, ce n'est pas possible, on le sait déjà. Et la Lancia noire entre dans le Parc de La Résidence. On l'aime de plus en plus Anne-Marie Stretter, plus belle que tout au monde. On peut réciter le texte par cœur, on connaît l'histoire et cependant non, on la découvre tandis que vous me dictez les mots de l'histoire. On est émerveillé. On dit oui, encore, on applaudirait presque, comme au théâtre, et puis les larmes reviennent quand le mot de Paul est dit par vous. Vous dites : je ne supporte pas, pas du tout, jamais, la mort de cet enfant, mon petit frère, l'adoré. Mort. Cet amour.

Le livre se fait, tous les jours, le livre existe, c'est *L'Amant*, publié aux Éditions de Minuit en 1984, prix Goncourt, succès mondial, planétaire comme vous dites, partout dans le monde l'histoire de la petite plaît. On l'aime dans le monde entier. On ne peut pas résister. Personne ne résiste.

Ce qui a disparu c'est votre voix tandis que vous me dictez le texte à Neauphle-le-Château, pendant ce printemps de l'année 84. Cette voix, l'émotion de la voix, comment les mots venaient, d'où venaient-ils, pourquoi cette aisance, pourquoi me raconter à moi cette histoire, l'histoire de cet amant de la Chine du Nord. Vous dites : Il vous plaît ? Je suis sûre qu'il vous plaît, et l'automobile, elle vous plaît, allez dites-le. Je ne dis rien. Je suis devant la machine à écrire, j'attends, je sais que ça va venir, que vous allez reprendre le fil du texte, et je ne veux pas être distrait, rater le premier mot, être en retard, devoir vous faire répéter un mot au risque de vous faire perdre la phrase que vous allez dire, la phrase que vous ne connaissez pas encore et qui cependant est sur le point d'être dite et tapée sur la feuille devant moi. Je ne veux rien manquer. Et parfois le rythme s'accélère, vous parlez plus rapidement, et alors je tape de plus en plus vite en laissant passer les fautes de frappe. Les fautes d'orthographe ça ne fait rien, je corrige après. Et ainsi jusqu'au bout du livre, chaque jour, jusqu'à la fin de l'histoire. Et il n'y a pas de fin, des années plus tard il y aura un autre livre, la même histoire : vous, l'amant et moi. Et *L'Amant de la Chine du Nord* publié chez Gallimard.

Vous dites : on n'en peut plus de cette histoire et pourtant on les adore tous ces gens, non, pas vous, moi si, ma mère vous l'auriez adorée, j'en suis sûre.

On sourit. On rit. On continue l'histoire. Elle est en train de s'écrire, elle se fait et tandis que je l'écris aujourd'hui, elle continue, je peux relire les mots, essayer de retrouver la voix, voir le visage qui écrit et qui ne me regarde pas, qui

58

regarde rien, je ne sais pas quoi, ce corps près de moi qui n'existe pas, qui n'existe plus. Ce corps disparu, ces yeux qui ne voient plus, ni les arbres, ni la mer atlantique, ni la télévision tard dans la nuit, ni le Mékong, les rizières vertes à perte de vue. Ces yeux qui ne voient plus. Rien.

Et cependant comment le croire, comment croire que c'est possible, que vous n'êtes plus là à me regarder, ce n'est pas possible, ce n'est pas la vérité puisque c'est moi qui vous écris désormais, à vous, donc rien ne change, donc vous êtes là, avec moi, dans la même séparation.

J'entends ceci : vous riez et on rit ensemble, together, oui, on se marre de cette blague, vous morte, moi vous écrivant, moi qui écris. On aura tout vu, ça alors ! Et on rit encore.

Et ainsi ce n'est pas tout. Non. Je suis là. Vous voyez. J'écris. Je suis à Paris. C'est le printemps de l'année 1999. Je pense à vous. Je ne sais pas comment. Comment faire autrement que penser. Penser comme un idiot, sans pensée justement, à taper sur le clavier d'une machine à écrire Olivetti, boîtier blanc et clavier noir, à faire ça que vous avez fait toute une vie, à continuer quelque chose, dire, à vous : ce n'est pas tout, non, puisque je suis là, puisque je ne cesse pas d'être avec vous, que jamais, jamais je ne vous oublierai.

Vous dites : cessez, avec cette ritournelle. Vous savez qu'on ne sait rien, on ne sait pas ce qu'on écrit, on ne sait pas ce qu'on fait, si on s'aime, si on aime, si vous m'aimez, dites-le-moi encore, est-ce que vous m'aimez, répondez-moi.

Je vous réponds ceci : plus que tout au monde.

Plus encore.

Oui. Et je voudrais être comme vous, à votre place, arriver, ici, pour la première fois, aux îles, vous voyez. Je voudrais être encore là à attendre les mots sortir de votre bouche, sortir de votre tête, des mots d'où viennent-ils. Des mots écrits. Des mots imprimés que je peux relire, encore et encore, des mots formidables que je peux lire pour la première fois, moi et tous les lecteurs partout dans le monde. Vous êtes là, tous les jeunes lecteurs sont là et lisent, seuls, et avec nous tous les mots de l'histoire, de notre histoire aussi bien, cette histoire qui n'en finit pas depuis le premier jour où j'ai lu *Les Petits Chevaux*, la première fois où je vous écris rue Saint-Benoît, la première fois où vous ouvrez la porte, le premier baiser de l'été 80, la première nuit, le premier sourire le matin, la première insulte, le premier livre. Toute la vie de tous les jours et jusqu'à l'ennui et jusqu'à rien.

Et vous qui n'en pouvez plus c'est fini, je vais mourir, venez avec moi, qu'est-ce que vous allez faire seul, sans moi. Allez venez.

Je ne suis pas venu. Vous êtes morte le 3 mars 1996 à 8 heures 15, dans votre lit, rue Saint-Benoît. Je ne suis pas venu. Je vous ai laissée. Vous êtes morte. Pas moi. Je suis resté là et je suis ici à vous écrire.

Et ça vous fait sourire : il se prend pour qui, pour un écrivain, ça alors. Vous riez. Et vous dites : vous n'avez que ça à faire, écrire, n'importe quoi, allez-y, vous avez un sujet merveilleux, un sujet en or, c'est moi qui vous le dis, allez ne faites plus le malin, écrivez, ce n'est pas la peine de vous tuer, ne faites pas l'imbécile.

C'est quoi le sujet.

Et alors apparaît le sourire. Votre visage devient celui d'un enfant, un enfant qui sait, qui sait tout dans l'innocence parfaite d'un savoir inouï. Dans ce sourire de tout le visage, de toute la tête, de tout l'esprit, de tout le cœur pourrait-on dire, vous dites : le sujet c'est moi.

Alors voilà. J'obéis. Une fois de plus. Je vous écris. Et j'écris selon vous. Ce n'est pas tout, je suis là, je ne suis pas mort, je ne vous ai pas suivie là où vous êtes, je pense cependant à vous tous les jours et je fais ce que vous avez ordonné : j'écris.

Elle a tout pris. J'ai tout donné. Entièrement. Sauf qu'il n'y avait rien à prendre. J'étais là. Totalement. Pas pour elle, non, il se trouve que c'était elle qui était là, donc j'étais là pour elle, mais avant tout j'étais là près d'elle, au plus près sans jamais cesser d'être séparé d'elle. Elle veut tout de moi, jusqu'à l'amour, jusqu'à la destruction, jusqu'à la mort comprise, elle veut croire de toutes ses forces à cette illusion magnifique, elle y croit, elle se donne tous les moyens pour mettre en œuvre une sorte d'amour total, de tous les instants, elle sait que ce n'est pas possible, que je ne suis pas prenable, que je résiste, que je ne peux pas faire davantage, et pourtant elle insiste, elle veut davantage, comme une sorte de défi héroïque et vain. Pour elle et pour moi. Elle veut tout, elle veut le tout et elle veut rien. Rien du tout. Et jusqu'au bout de la vie cette tentative-là. Que moi et elle ça fasse Un, alors que non, ce n'est pas possible, en aucun cas, dans tous les cas ça rate, elle le sait, elle sait qu'elle et moi ça ferait plutôt trois. Que la résolution provisoire, à tenter, à refaire toujours, passe par un troisième élément : l'écriture. Ça ne peut être dit, il faut le tenir caché comme un secret entre nous, il faut que nous nous tenions d'une façon ordinaire, banale, humaine, et ne jamais dire ce qui ne peut être dit sous peine de détruire quelque chose. Il faut à tout prix que nous restions des innocents avertis. Des vrais faux innocents, dans l'oubli de cette innocence. Comme s'il fallait oublier les mots, les livres, Dieu aussi bien. Pourquoi? Pour faire l'amour plus grand, peut-être, pour que l'amour soit au plus près du visible, palpable, qu'il puisse être touché, comme si c'était possible. Parfois ça arrive, parfois le mot est écrit, parfois un sourire entre vous et moi, parfait, le point mathématique qui ne pourrait pas s'effacer, qui ne s'efface pas puisque je vous le dis, puisque je vous l'écris, puisque ce n'est pas tout, que ça continue comme avant, que ça ne peut pas s'arrêter, qu'on ne se quitte pas, que les mots viennent encore et encore. De toujours à toujours.

Je ne suis rien et pourtant c'est moi,
Yann, qui suis là avec vous, tous les jours,
toutes les nuits, partout, tout le temps.
Vous dites : ce n'est pas la peine de téléphoner à des gens, à votre mère, à vos
sœurs, ce n'est pas la peine puisque je suis
là, beaucoup plus intelligente que les
autres, vous n'avez pas d'amis, que des
gens nuls, archinuls, c'est effrayant à ce
point.

La ligne de téléphone que j'avais fait
poser dans ma chambre à Paris, je la supprime. Ce n'est pas la peine, à chaque
coup de fil elle vient et elle me dit : qui
c'est, je ne réponds pas, je continue
comme si elle n'était pas là à écouter, et
puis très vite j'abandonne, je ne téléphone
plus. A personne. Elle dit : de toute façon
ça ne change pas grand-chose, vous ne
dites rien.

Le soir dans la nuit, dans l'automobile

noire, enfermés, on va le long des quais, c'est le Mékong, regardez, c'est à ne pas croire, ce fleuve, qu'est-ce qu'il y a de plus beau au monde, regardez, et cette lumière sur l'eau, comment écrire ça puisque c'est là, puisque nous regardons ça, cette chose qui existe pour nous, non, on ne peut rien faire avec ça.

Et puis : je n'ai jamais vu quelqu'un conduire aussi mal que vous, j'ai peur, je veux rentrer, ce n'est pas la peine, les promenades la nuit. Je dis : ne recommencez pas. Vous dites : je fais ce que je veux, c'est mon auto. C'est à moi. Vous pouvez retourner là d'où vous venez, on ne sait pas où. Foutez le camp. Laissez-moi.

Alors j'essaie de dire quelque chose, j'essaie d'enrayer la machine à tuer, à faire du mal, à détruire. Je dis : mais non, le monde n'est pas nul et puis il y a l'amour. Elle se tourne vers moi, elle me regarde et j'aperçois un sourire : arrêtez, à d'autres, l'amour et tous les flonflons. Vous êtes fou ou quoi. Rentrons.

Je vois ma tête à la morgue. Je n'ai plus de visage. Yann, venez vite, dépêchez-vous.

Toute la dernière année de votre vie, vous êtes dans la lucidité atroce, intenable de la mort qui vient, qui est déjà là en quelque sorte. Et vous le dites. Et vous me le dites : est-ce que vous croyez que je vais mourir ce soir ? Un soir je trouve quelque chose à dire. Tant que vous parlez de mourir vous ne mourrez pas. Allez-y, alors, dites-moi je vais mourir et vous ne mourrez pas. Vous me regardez, vous êtes stupéfaite : ce n'est pas mal trouvé. Vous êtes apaisée et puis ça recommence.

Vous vivez et vous dites votre propre mort, ce chemin vers la mort, vous ne quittez pas ce lieu où vous allez, plus rien d'autre ne compte.

Comment faire avec cette chose que je ne connais pas, comment me débrouiller avec ça ? Comment faire, Yann, dites-le-moi. Et si on se tuait ensemble, qu'est-ce que vous en pensez, je vous donne de l'argent pour acheter un revolver et on fait ça, on se tue.

Je vous regarde, je dis d'accord. Qui commence, qui est le premier à tuer l'autre ? Je vois ce sourire, je vois les yeux sourire, vous avez dix ans. C'est moi qui commence, après je verrai.

Et on rit. On est plié en quatre. On se marre. Vous dites non, ce n'est pas une bonne idée, le revolver, on va trouver autre chose. Et vous cherchez, vous essayez de trouver, vous savez que ce n'est pas la peine, que vous allez mourir très vite, dans quelques mois, dans quelques jours, que vous êtes presque morte et cependant non, vous êtes en vie, vous êtes

67

là, vous mangez, vous marchez, vous êtes avec moi. Vous dites : on a besoin d'argent pour l'hiver, on va faire un livre. C'est reparti. Ça recommence, vous écrivez, vous ne pouvez pas mourir, c'est impossible, vous me dictez quelques phrases, ça dure peu de temps, toujours des phrases écrites, à la virgule près, vous entendez la phrase et vous oubliez. Vous ne pouvez pas relire les mots.

Vous trouvez un titre : Le Livre à disparaître.

C'est très beau. Pour les titres, j'ai toujours été très forte. Et vous croyez qu'on va le terminer ce livre, que je vais réussir à le faire, dites-moi la vérité. Je dis : chaque fois vous dites la même chose, à chaque livre, depuis le premier.

Vous ne répondez pas, vous savez que je mens, que ce livre sera le dernier, que vous allez le faire jusqu'au dernier jour, trois jours avant de mourir, que jusqu'au bout vous allez tenter ça, tenter ce que vous faites depuis toujours, écrire.

C'est le soir dans la nuit, tard, vous ne dormez pas, on regarde la télévision. Vous êtes assise dans le grand fauteuil rouge du salon et moi allongé sur le divan recouvert de coussins, vieux coussins faits par vous il y a des années, coussins achetés aux Puces de la porte de Vanves, je ne sais pas ce que je regarde, je vous vois de trois quarts, vous somnolez, vous vous endormez, j'ai peur que vous ne tombiez, je surveille vos mouvements, mais non vous vous redressez à temps, vous ne tombez pas.

Et puis soudain, un air de musique, une valse peut-être, un air de danse surgit.

Vous vous levez. Vous dansez. Ça dure quelques secondes. Je me lève et on danse, on fait quelques pas de danse. Ça dure très peu de temps. Vous êtes épuisée. Vous êtes assise dans le grand fauteuil rouge. Il n'y a plus de musique.

La nuit je me lève, je viens vous voir dans votre chambre, voir si tout va bien, si vous êtes en vie, si vous êtes toujours là, oui, vous dormez, oui, vous respirez, tout va bien, les lampes sont allumées. Je peux dormir moi aussi.

Les derniers mois, la nuit vous vous levez, vous traversez l'appartement, vous ne vous trompez pas, vous connaissez la direction, là où je dors, épuisé, la porte ouverte, j'entends votre pas, vous prenez soin, toujours, de mettre des souliers, j'entends votre pas qui vient vers ma chambre, vous allumez la lumière, j'ouvre les yeux et je vous vois, je dis qui est là : c'est moi, c'est Marguerite.

Venez vous asseoir près de moi.

Vous vous asseyez au bord du lit. Vous croisez les jambes.

Vous n'avez pas froid comme ça, nu. De toute façon, Yann, ça ne peut pas faire de mal, un peu de converse.

Et vous parlez, vous parlez, des choses, des éléments de scénarios, et vous me demandez ce que j'en pense de ce projet de film, et moi je veux dormir, je ne pense rien, vous continuez, vous ne pouvez pas vous arrêter : ça fait du bien de parler, c'est la barbe de dormir tout le temps.

Vers six heures, je regarde ma montre : allez dans votre chambre, moi je veux dormir, Yamina arrive à neuf heures, il faut que je dorme. Vous me regardez, vous vous levez, vous claquez la porte avec une force incroyable et j'entends ça : j'en ai marre de vivre avec un retraité, il faut que je change de mec au plus vite, ce n'est plus possible une vie pareille, aussi nulle.

Peut-être aurais-je dû ne pas dormir, peut-être aurais-je dû écouter davantage, être là davantage, aimer davantage, on ne le fait jamais assez, on ne peut pas imaginer que le dernier jour est très proche, on ne peut pas puisque vous parlez des nuits entières, on devrait, oui, faire davantage, mais quoi, inventer une sorte d'amour encore plus grand que celui des livres, mais comment faire, comment est-ce possible. Certains soirs je voulais dormir et je vous disais de partir, d'aller dans votre chambre, seule face à la mort, certains soirs je ne supportais plus, je vous renvoyais, je faisais ça et jamais une plainte, vous partiez furieuse dans votre chambre à attendre de mourir. Le lendemain vous reveniez.

Nous sommes seuls enfermés dans cet appartement de la rue Saint-Benoît. On attend le dernier jour. On ne sait que ça. On est sûr de ça : vous allez mourir très vite désormais, ce n'est pas la peine de vous raconter des blagues.

On est là, on ne sait pas quoi faire. On mange. Je vous force à manger, je vous donne à manger à la petite cuillère, vous mangez, vous avez encore la force de vous nourrir, et puis parfois vous prenez la petite cuillère de ma main et vous me faites manger, vous avez ce geste de me donner à manger comme si on jouait à manger, comme si tout allait recommencer, comme si vous disiez vous êtes comme moi, on est pareil, des enfants, ce n'est pas la mort qui peut changer quoi que ce soit, on joue, depuis toujours, depuis l'été 80 et même avant, toutes ces lettres que vous m'avez envoyées, vous vous rappelez, ces lettres que j'ai gardées, ce livre que j'ai écrit avec ces lettres, Yann Andréa Steiner, je vous appelle ainsi, breton et juif, c'est moi qui vous le dis, oui, allez, manger, il faut manger. Non. Vous repoussez l'assiette. Vous pliez la serviette de table. Vous la pliez et vous la repliez des dizaines de fois. Moi je continue de manger. Vous ne faites plus que ça, ouvrir la serviette, poser votre main dessus, comme pour repasser le tissu et puis, avec un soin extrême, vous pliez la serviette en quatre. Je dis : cessez avec cette serviette, c'est agaçant. Vous me regardez. Vous dites : vous ne savez pas que j'ai toujours été fascinée par les couleurs. Que j'aime ce rouge. Vous recommencez à plier et à déplier la serviette. Il n'y a que ça qui compte, voir les couleurs de la serviette de table. Le rouge. Comprendre comment ça existe.

Oui, on est là, à attendre. Que du temps passe. Chaque jour est un jour supplémentaire, un jour de plus et chaque semaine je vous fais prendre un bain. Je vous porte dans la baignoire. Vous criez : vous voulez m'assassiner ou quoi. C'est votre genre de tuer les vieilles dames. Vous êtes dans l'eau. Je frotte le dos, les seins, les fesses, les pieds, je lave les cheveux, vous criez, assassin, je l'ai toujours su que je serai tuée par vous, je continue, je ne dis rien, je sens la peau, la maigreur de la peau, la maigreur de l'enfant au bord du Mékong, la maigreur vue et aimée par le jeune amant de la Chine du

Nord. Je vous porte hors de l'eau. Vous dites, je crève de froid, je vais mourir de froid, c'est sûr. J'essuie tout le corps, je fais le plus vite possible. Je vous mets un T-shirt long et on va dans votre chambre et je vous sèche les cheveux. Ça, vous aimez. Vous vous tenez debout devant la cheminée. Vous regardez dans le grand miroir votre visage. Vous aimez bien ce temps de repos après le bain. Et puis je vous donne de l'eau de Cologne. Vous vous frottez les mains. Vous dites : je n'ai jamais beaucoup aimé cette eau de Cologne, ça doit être à vous, ce truc.

Le dernier bain, le dernier dîner, le dernier sourire, la dernière nuit, jamais on ne sait, dans tous les cas, même et surtout quand on est averti, à tel point, de la mort, que tout peut cesser à tout instant, non on ne peut pas, on vit, on est au bord de mourir et cependant on vit, on est ensemble, les corps sont là, ils se touchent, ils se caressent parfois, la nuit, les visages, pour reconnaître quelque chose, pour saisir quelque chose, pour voir quelque chose de nouveau, pour écrire encore, peut-être, on ne sait jamais, on ne sait pas en effet, on fait comme si tout va bien, comme si le temps ne peut pas s'arrêter, il faut aller jusqu'au bout du temps, entièrement, ne pas tricher, vivre ça dans une sorte de passion, dans une sorte d'amour puisque ça va cesser très vite, puisque ça ne cesse pas, puisque je vous écris, ce n'est pas tout, puisque je vous raconte ce qui se passe.

Cet amour-là justement ne passe pas. Il est là, fixe, sans nom, je ne dis rien de lui, on ne sait pas, une chose inventée par vous de A à Z. Je sais que c'est vrai depuis avant le premier jour. Que tout est vrai. Et vous et moi. On ne sait pas comment dire ça, vous avez su le dire, vous, puisque vous avez écrit, chaque jour, cherché le mot, pas le mot seulement, autre chose avant et après le mot, dans le creux silencieux du mot à mot. Je crois que tout est vrai puisque vous le dites, puisque je le dis, puisque nous l'écrivons aujourd'hui. Comme toujours. La première fois. Le premier mot d'avant.

Je ne peux pas séparer votre nom de Duras de votre existence, de vous, de votre corps. Désormais il reste le nom, ce nom planétaire : Duras. Ces cinq lettres contiennent à elles seules tous les titres des livres, tous les mots écrits par vous. Celle qui signe ainsi, Duras. Ce nom qui est le nom de l'auteur, ce nom qui est en haut des couvertures des livres, dans toutes les langues du monde, ce nom traduit reste le même Duras, partout. Ce nom à lui seul devenu comme un nom commun, utilisé à tort et à travers par ceux qui lisent et par ceux qui ne savent pas lire et par ceux qui ignorent tout de ce nom. Ce nom voué à l'adulation et à la détestation, ce nom jalousé, ce nom traîné dans la boue, ce nom maltraité, utilisé comme un rien du tout. Ce nom adorable et adoré. Ce nom qui n'appartient à personne. A tout le monde. A ceux qui lisent.

Les jeunes lecteurs qui lisent pour la première fois *Les Petits Chevaux de Tarquinia* et qui vont boire des Campari dans le ravissement. Il est aussi aux autres, à ceux qui ne comprennent pas, à ceux qui ne lisent pas. On peut très bien ne pas lire, passer outre, puisque le nom de Duras est écrit. Il se trouve partout dans le monde, il suffit de le demander, d'acheter un livre, il est là, offert à qui veut bien de lui. Il ne peut pas être oublié. Non. C'est impossible. Et mon nom Yann, il ne peut pas être oublié. En aucun cas. Il est écrit à jamais par vous dans les livres. Même quand il n'est pas nommé, il est là.

Aujourd'hui, trois ans après la disparition de votre corps. Nobody. En effet il n'y a plus de corps depuis le 3 mars 1996. Très vite ce dimanche votre corps a été amené à la morgue du boulevard des Batignolles. Je ne voulais plus voir ça, ce corps immobile, je voulais que personne ne voie votre corps mort. Comme une honte. Ne pas vous exposer ainsi aux regards des autres, au regard du monde. Dès le dimanche vers cinq heures de l'après-midi, votre corps a quitté l'appartement de la rue Saint-Benoît. La rue est presque déserte, pas de monde aux terrasses, rien. Une sorte d'ambulance grise vous transporte jusqu'à la chambre funéraire des Batignolles. Vous traversez Paris en voiture sans moi. Je reste là. Il faut prévenir. Il faut dire au monde que vous êtes morte. Que Duras est morte à Paris ce dimanche 3 mars à huit heures. Je vais annoncer ça, cette nouvelle. Je le fais. Je dis à l'Agence France Presse : Duras est morte. L'AFP demande à Jérôme Lindon confirmation de la nouvelle, il peut s'agir d'une blague. Je dis oui, vous êtes bien morte il y a quelques heures, c'est vrai, on peut annoncer partout qu'il n'y aura plus de nouveau livre signé Duras. Que c'est fini.

Je vous retrouve le lendemain matin dans la chambre funéraire. Vous êtes habillée avec les vêtements que j'ai donnés la veille aux gens des pompes funèbres. Vous portez ce manteau vert et noir, fait par vous, ce coupon de tissu acheté place Vendôme, offert par votre éditeur après L'Amant.

Vous savez qui je suis, je ne paie pas, c'est un cadeau de mon éditeur, Jérôme Lindon, vous connaissez ? En tout cas je ne paie pas. Vous envoyez la facture. Yann, donnez l'adresse.

Vous achetez ce jour-là dans cette boutique de la place Vendôme trois coupons de tissu pour vous faire des manteaux. Vous dites : je ne vais pas me gêner, j'ai dit deux, je vais en acheter trois. Et vous choisissez un rose, genre fraise écrasée, un poil de chameau, et un vert et noir, vert wagon.

Vous êtes là allongée. Le visage a été légèrement maquillé et les lèvres ont du rouge. Vous êtes normale. Je ne remarque rien qui aurait changé. Non. Comme si vous étiez à l'hôpital. Je m'assois. J'attends. Je ne pense à rien. Je suis là. J'attends comme un imbécile. Je ne sais pas quoi faire. Il n'y a plus rien à faire. Tout est fait. Il y aura une bénédiction de vous jeudi 7 mars, à 15 heures, en l'église Saint-Germain-des-Prés. Et ensuite vous irez au cimetière du Mont-Parnasse. Les gens des pompes funèbres ont dit que c'était une très bonne place, en bordure d'une allée, une place proche de l'entrée principale, à gauche quand on entre, et de l'autre côté du portail. Il y a Sartre et Beauvoir. Vous pensez comme c'est une bonne place.

Je suis là devant vous. J'attends. Vous ne dites plus rien. Les yeux ne regardent plus. Je vois votre visage. Je n'ose pas le toucher. Je ne veux pas sentir la froideur de la peau. Je ne peux pas. C'est la seule fois. Je ne peux pas vous toucher. Ce corps mort, ce corps froid, ce corps raide, habillé de ce manteau vert et noir et chaussé de souliers en cuir clair, ces souliers achetés Au Soulier d'Or, boulevard

Malesherbes. Ce jour-là vous achetiez deux paires de chaussures, c'est l'été, on va partir pour Trouville, vous dites : je n'ai rien à me mettre, il faut y aller. On y va au Soulier d'Or. Et vous, vous m'offrez une paire de sandales. Magnifiques. Dites donc, à Trouville, ils n'auront jamais vu ça. La vendeuse vous fait signer le livre d'or. On est très content de nos chaussures.

Je vous regarde.

Je vois devant moi un visage aux yeux clos, un visage qui ne dort pas. Un visage qui ne serait pas mort et pourtant si, il est mort, je ne peux pas vous embrasser. Et ainsi vous êtes vraiment morte.

Le jeudi matin, c'est le départ de la chambre funéraire pour l'église de Saint-Germain. Vous êtes dans le cercueil de bois clair. Je crois me rappeler que l'intérieur est tapissé d'un tissu blanc. Votre tête repose sur un petit coussin blanc. Et un drap blanc recouvre le tout, sauf le visage que je peux encore regarder.

Et puis ça arrive, une dame annonce qu'il est l'heure, alors elle recouvre votre visage d'un tissu blanc. Que du blanc. De la tête aux pieds. C'est fait. Plus de visage à regarder. Ensuite on ferme le cercueil. Le couvercle est vissé. Votre corps est enfermé dans la boîte en bois.

On traverse Paris. On arrive place

Saint-Germain-des-Prés. Les photographes photographient le cercueil, ils se bousculent, ils veulent une dernière fois une photo de vous, ils font leur travail. Le prêtre vient vous chercher à la porte de l'église. Votre corps est transporté dans l'église, à bout de bras porté par quatre hommes. Jusque devant l'autel. On pose le cercueil à même le sol sur les dalles de pierre.

On récite le Notre Père et votre corps est béni et tous les gens dans l'église sont là pour vous, cette assemblée autour de vous, elle est là, avec vous. Je n'ose pas toucher le cercueil posé à un mètre de moi. Je n'ose pas faire ce geste, caresser le bois clair.

On est au cimetière du Mont-Parnasse. On dépose le cercueil dans un trou très profond. Il y a trois places, ce qui explique la profondeur du trou. Et puis on scelle une plaque de ciment. C'est fait, vous êtes totalement enfermée dans ce trou du cimetière du Mont-Parnasse, 3, boulevard Edgar-Quinet à Paris. Plus tard, sur la dalle de pierre, on écrit dans la pierre : Marguerite Duras. Et en dessous, deux dates : 1914-1996, et sur le devant, deux lettres : M D. Voilà, c'est tout. Un nom et deux dates. C'est aussi simple que ça. On peut lire votre nom sur cette dalle de pierre. Il est écrit.

J'ai failli céder à une tentation, et je vais la dire. Voilà. C'est la dame des pompes funèbres qui me dit, Monsieur, vous pouvez mettre un objet dans le cercueil, c'est l'usage, vous pouvez le faire avant qu'on ne ferme définitivement le couvercle. Je ne vois pas quel objet je pourrais déposer près de vous. Le lendemain avant de partir pour la cérémonie de la disparition du visage, définitive, plus de corps, nobody pour toujours, je me dis, je peux déposer un livre dans le cercueil. Je choisis celui que j'aime par-dessus tout, *L'Amour*, en édition de poche.

Au dernier moment, on me demande si je veux déposer quelque chose dans le cercueil, alors que le tissu blanc recouvre déjà votre visage. Je dis non. Une timidité, un geste que je n'arrive pas à faire. J'entends : ce n'est vraiment pas la peine, pas un livre.

Je garde le livre dans ma poche tandis que le couvercle est posé sur votre corps.

Voilà. Je voulais vous dire que j'avais pensé à ça, à ce livre, à vous en train de l'écrire, ce livre à disparaître. Qui reste avec moi. Que je peux relire, encore et encore, ce mot, cette phrase qui nous enchante : ici c'est S. Thala et après la rivière c'est encore S. Thala. Vous riez. Vous dites : il fallait l'écrire, cette phrase. On répète la phrase. Tout le temps. Pendant un certain moment, partout, dans la voiture, on dit : ici c'est S. Thala et encore après c'est toujours S. Thala. Vous faites des variations, vous vous amusez, ah quelle phrase, comment j'ai pu écrire ça, je voudrais être encore à l'écrire. Et puis ça cesse. Vous dites : quelle barbe.

Voilà, c'est fait. La cérémonie est terminée. Je vous laisse, enfermée, dans le trou, dans cette allée bordée de tilleuls du cimetière du Mont-Parnasse à Paris. On peut vous laisser. On peut aller boire un verre au Rosebud, on peut aller dîner, on peut aller danser chez une amie dans sa grande maison de la villa d'Alésia. On peut tout faire. Être ensemble dans la vie. Vous n'êtes plus là. Le corps est privé de l'air que nous respirons, privé de moi, privé du monde. Plus rien. Alors on va dans la ville, on fait tout ce qu'on veut, on mange, on danse, on rit, on dit n'importe quoi, des mots de la vie. Il n'y a rien d'autre à faire, rien d'autre à dire. Non. Plus rien. Et moi je ne veux pas parler. Je ne veux pas parler de vous. Je ne suis pas triste. Je ne suis rien. Je suis privé d'emploi. Je ne sais plus quoi faire. Je ne sais pas comment occuper mon temps. Le temps. Avec vous c'était facile, j'étais tout le temps occupé, emploi à plein temps, ce soin extrême de tous les instants porté à vous, cette prévenance, cette anticipation. Ce qui ne va pas aller, ce qu'il faut faire pour que ça aille moins mal, le moins mal possible, tout ça disparaît ce jour du jeudi 7 mars 1996.

Les jours suivants, je retourne au cimetière. Je vois les fleurs se faner, je vois la plaque provisoire avec votre nom et les deux dates, celle de la naissance et celle de la mort. Je n'ose pas m'arrêter devant vous. C'est comme une gêne, une honte, n'avoir pas su arrêter la mort. Je ne veux pas être surpris, être vu. C'est bête. C'est comme ça. Je m'assois sur un banc un peu plus loin. Je fume une cigarette. Je porte des lunettes noires. Je ne pense à rien. Je ne peux pas imaginer le corps en train déjà de se décomposer, de noircir, de se défigurer, plus rien, plus de sourire, plus de promenade, plus de mots et d'amour et d'insultes, plus de méchanceté, plus de soupe poireaux pommes-de-terre, plus de livre à faire, plus rien que ce corps enfermé qui va très vite disparaître. Et très vite plus de corps du tout. Il reste ce nom. Ce prénom de fleur que vous n'avez jamais aimé, et ce nom. Ces cinq lettres. Duras. Ce nom écrit provisoirement sur une plaque. Ce nom de plume, ce nom choisi par vous, ce nom du Lot-et-Garonne, le pays de votre père, Émile, ce nom offert au monde entier, à qui veut bien de lui. Oui, aimez-moi, encore, ce n'est pas assez, je vais encore écrire, écrire de vous, vous nommer autrement, je vais faire un nouveau livre, je vous appelle je ne sais pas encore comment, je vais trouver, je suis très forte pour les noms, pour les titres, pour faire les livres, il n'y a pas mieux que moi. Et on rit. On dit, oui, on va le faire. On va aller à Trouville. On est aux Roches Noires, dans votre chambre, celle que vous appelez la chambre noire, suspendue au-dessus de l'Océan Atlantique, la chambre de l'été 80, la chambre de la première nuit, vous et moi, allez, venez, ne soyez pas timide, venez avec moi, j'ai un corps, je vais vous montrer, venez, caressez mon corps. Je le fais, je fais tout ce que vous me dites de faire. Oui, encore, aimez, encore, et moi je le fais, je ne fais que ça, et vous ne savez pas à quel point, jusqu'à ne plus pouvoir, jusqu'à vouloir tout quitter et vous et la vie, tellement, je ne sais pas comment faire avec vous, je suis débordé et par vous et par les livres qui se font et par l'amour de vous et par le refus de moi par vous. Je ne sais pas comment faire. Vous dites : ça va aller, ne vous en faites pas, ça va passer ce moment de fatigue. C'est toujours comme ça. Moi aussi parfois je ne vous supporte plus du tout et puis ça revient. On ne sait pas pourquoi.

Et ça continue, les jours, les nuits, le vin rouge, les livres, les films, les cris, les faux départs, les tentatives de fuite. Yann, je savais que vous reviendriez, où iriez-vous, et ce sourire, cette promesse toujours, je ne serai plus méchante, je te le jure, tu pourras faire ce que tu veux, même aller prendre un verre le soir sans moi, je m'en fous, tu pourras tout faire.

Ce n'est pas vrai. Vous ne mentez pas mais vous savez que c'est impossible, que vous êtes ainsi faite que vous ne pouvez pas changer, en aucun cas.

Vous dites : non, je ne suis pas méchante, je suis intelligente. Et c'est vrai : vous n'êtes pas méchante mais vous êtes proche d'une sorte de méchanceté, proche du mal. Pas le mal. Non.

Jamais vous ne faites le mal. Vous écrivez. Vous n'allez pas jusqu'au point de faire vraiment le mal. Parfois, oui. Et je demande : pourquoi me faire ça à moi, pourquoi ? Vous dites : je vous demande pardon, je n'y peux rien, le monde est intolérable, je ne veux plus rien, pas même vous, votre existence je veux la détruire, je ne veux plus rien, je ne sais plus comment m'en sortir, je crois que tout est raté, je crois que ce n'est pas la peine, que rien n'existe, que tout est foutu.

Je dis aujourd'hui : vous croyez, parfois, très fort, que nous sommes abandonnés. Vous avez cru que votre mère ne vous aimait pas, que votre frère, Pierre, était son seul amour, vous ne supportez pas de ne pas être la préférée, vous ne le supportez pas. La seule, l'unique, celle qui suffirait seule à cette femme que vous aimez plus que tout au monde, votre mère. Après *L'Amant*, vous dites : j'ai innocenté tout le monde, toute cette famille, même Pierre le frère aîné, tout le monde devient aimable. Ce sont tous des dingues magnifiques.

Non, nous ne sommes pas abandonnés, c'est moi qui vous le dis. Et je crois que vous avez voulu vérifier cela auprès de moi à chaque instant.

Ce n'est pas possible, pourquoi vous restez là, avec moi, je ne comprends pas, c'est pour le fric, vous savez que vous n'aurez rien, double zéro pointé, alors pourquoi, pourquoi vous restez, qui êtes-vous, je ne vous connais pas.

Si, c'est possible, si c'est vrai, je suis là, avec vous, et je ne vous quitte pas, et vous ne me quittez pas, sauf cet accident du 3 mars 1996, on ne se quitte pas, c'est ainsi, on n'y peut rien, pourquoi, pourquoi est-ce ainsi, pourquoi cette certitude. Parce que Dieu ne nous abandonne pas.

Jamais. En aucun cas. Et dans l'oubli de lui quand bien même.

Il nous garde.

Je dis simplement ceci : vous n'avez jamais été abandonnée, ni par votre mère, ni par moi, ni par Dieu. Puisque tous les jours de votre vie vous avez cherché le mot, vous avez écrit certains mots, certaines phrases, certaines histoires apparemment très simples, des *Capri c'est fini*, des suites de Bach aussi, des Schubert et des Édith Piaf : *c'est fou ce que je peux t'aimer, mon amour mon amour*. Quand j'entends cette chanson je deviens folle, je pleure, oui tout ça, votre vie entière, jusqu'au 29 février 1996, des mots, de la vérité à trouver, de la vérité qu'il faut écrire, de la vérité qu'on peut lire à chaque page, on entend votre voix la dire, vous cherchez le mot et vous le trouvez et vous le dites complètement. Et vous vivez ainsi.

Souvent vous dites : moi je ne fais pas de littérature, moi je ne fais pas de cinéma, moi je fais autre chose. Et pourtant vous faites des histoires, des histoires simples, des histoires qui font pleurer, des histoires comiques. Vous adorez Chaplin, tous les films de Charlot vous enchantent, ils vous font rire et pleurer, vous dites c'est un génie, c'est le génie absolu. Et moi je dis : vous êtes le précipité de

Racine et de Chaplin. Vous êtes dans ce temps inouï du comique extrême et du sérieux vrai, ou du vrai sérieux à la façon des enfants, de certains enfants qui jouent très sérieusement, qui savent qu'ils jouent et qui oublient que c'est un jeu.

Vous dites : Duras ça n'existe pas. Et vous dites : Duras c'est l'écriture. Et moi je dis : ce nom de Duras participe du divin. Il suffit de lire. Vraiment. De savoir lire et les mots et ce qu'il y a entre les mots, ce qu'il y a de vrai, ce qui existe tellement que personne ne peut résister à ça, à cette émotion de reconnaître quelque chose de vrai. Et donc de juste. Et donc de beau. Et donc de simple. De voir de quel silence ça vient et quel silence vient après. Comment les mots ne sont rien, mais comment il faut en passer par eux, sinon il n'y aurait rien, rien du tout. Peut-être tout a commencé comme ça : les premiers hommes ont voulu vérifier quelque chose. L'amour peut-être. Le dire n'est pas suffisant et comment le dire, comment dire : je vous aime plus que tout au monde, et plus encore. Non, ce n'est pas possible, il faut l'écrire, il faut que ce soit le Vice-Consul en disgrâce à Calcutta qui dise cela à l'ambassadrice de France, il faut que ce soit vous, M D, qui écriviez ces mots.

Je vous aime plus que tout au monde.

Sinon quoi, rien ne serait possible, on

ne pourrait pas parler, rien dire, pas d'amour, rien.

Et ces mots que vous dites quelques jours avant de mourir : je vous demande pardon de tout. Je vous le dis encore aujourd'hui : je n'ai pas à vous pardonner, il n'y a rien à pardonner, et je peux pardonner tout ce que vous voulez, si cela peut être utile, mais ce n'est pas à moi de le faire. Je crois que c'est vous-même qui vous êtes pardonnée. De quoi au juste ? Il faut demander pardon de quoi ? De ne pas aimer assez. Jamais assez. Et moi aussi je ne vous ai pas assez aimée, on peut dire ça de la même façon, et moi aussi je n'ai pas toujours été juste avec vous, et moi aussi j'ai essayé de tout faire. Pas seulement pour vous, non, pas seulement, mais avec vous. De la vérité, et pour vous et pour moi et pour les livres. Nous nous sommes livrés depuis la chambre noire de l'écriture à l'amour vers le monde.

Voilà ce que je vous dis et voilà ce que vous savez depuis longtemps, que je ne devais pas savoir, ce dont vous m'avez préservé parce que le savoir aurait été trop accablant peut-être, trop lourd, à se tuer, à ne pas vouloir l'admettre. Alors il fallait les scènes de la vie ordinaire, les scènes de l'amour conjugal, la jalousie, les méchancetés, la mauvaise foi. *La Musica* revue et corrigée. C'est à ne pas croire, toutes ces scènes, ces valises jetées dehors, des c'est fini je ne vous aime plus, vous êtes un rien du tout. Et moi qui vous boxe, des coups de poing et vous dites, Yann, je vous en supplie, ne me tuez pas, j'ai des bleus partout, je vais appeler la police, je ne veux pas mourir. Et les verres de vin, dans les bistrots incertains de la banlieue, ces balades au bois de Boulogne la nuit, les portières fermées à double tour, les bagues cachées sous le siège : Yann on ne sait jamais, ils peuvent vous couper un doigt pour voler une bague. Vous dites, je me demande comment on peut faire ça, se prostituer. Et vous regardez les hommes, les femmes, les travelos, qui regardent, qui passent et repassent. Nous aussi on regarde dans la peur, on pense à tous ces gens, on est avec eux puisqu'on est là dans le Bois. Ensemble.

Oui, tout ça et tout le reste qu'il est impossible de dire, tous les projets de livres, de films, les promesses, les on va faire ça, c'est une idée, et puis non, on passe à autre chose, il faut écrire, aller tous les jours à Quillebeuf-sur-Seine, boire un verre à l'hôtel de la Marine, et regarder le bac qui va à Port-Jérôme, du côté du Havre, de l'autre côté de la Seine : regardez, Yann, la grâce de ce bateau, il va, il traverse la Seine, il fait son travail, il ne fait que ça. Et nous aussi on va sur le bac. On sort de la voiture, vous êtes au bord du bastingage, la traversée dure quelques minutes, vous regardez l'eau, la Seine, ce fleuve, vous dites : le Mékong. Et on débarque et on roule le long de la Seine, parfois jusqu'à Villequier. Et on revient par le bac à Quillebeuf. Et plus tard dans un livre il y aura l'apparition d'Emily, le poème disparu et lu dans le monde entier, l'apparition d'elle et de lui, le Captain et sa femme, je les aime à la folie, je n'ai jamais écrit un livre comme ça, aussi vrai, c'est à crier.

Le livre s'appelle *Emily L.*

Oui, il fallait faire comme tout le monde. Et nous sommes comme tout le monde. Pour chacun c'est la même histoire. Il n'existe que le sort commun. Que le malheur général, partagé par tous. Et un seul amour. Et cet amour-là aussi. Vous et moi. Together. Et désormais sans votre corps puisque vous êtes morte, puisque vous êtes au cimetière du Mont-Parnasse où je vais voir, où je n'ose pas regarder, où je passe, où je longe les murs, ce périmètre fermé, gardé, le soir on ferme les portes, on vous garde enfermée, on vous surveille, comme la Résidence de l'autre, celle de Calcutta, toujours des périmètres fermés et surveillés, dans tous les livres. Ici aussi, le nom gravé sur la dalle de pierre est surveillé. Il y a des heures de visite. Et moi je n'ose pas regarder le nom. Je n'ose pas lire ce nom. Ces deux dates.

Qu'est-ce que ça veut dire?

Deux semaines après le 3 mars, je quitte le 5 de la rue Saint-Benoît. Je n'ai plus rien à y faire. C'est fini. Tout est mort. L'appartement n'a plus aucun sens. Il n'existe plus. Je prends deux grands sacs et je vais dans cette chambre que vous m'avez laissée, dans la même rue, de l'autre côté, près du café de Flore, au moins vous aurez un toit, Yann, je ne veux pas que vous soyez dehors.

Oui, je traverse la rue et je vais dans cette chambre et je m'enferme là. Et puis je prends peur, je sors de moins en moins et puis je me fais livrer à manger et surtout à boire, pendant des semaines des pizzas, ensuite des couscous et pendant des mois des rouleaux de printemps, des nems, des salades chinoises. Je ne sors plus. J'ai peur. Je ne veux pas vivre. Je ne sais pas comment faire pour me tuer. Je regarde la télévision, je regarde tous les programmes, je ne choisis pas, je regarde, je vois des images, j'écoute la radio, pas France Musique, non, que des chansons, que des bêtises, tout est bien, tout me convient, je ne lis plus de livres, sauf le journal, je sors acheter au kiosque *Libération* et *Le Monde,* tous les jours. J'ai pris la décision de me pendre à la fenêtre. J'ai coincé une ceinture dans l'angle de la fenêtre. Je monte sur une chaise et je passe ma tête dans le cercle, ça va, ma tête entre dedans, l'essai est concluant. Et puis je me dis que le poids du corps fera casser la ceinture ou que la fenêtre va s'effondrer sous le poids du corps, je me dis que je serai simplement étranglé mais pas pendu, pas mort, que ce n'est pas la bonne solution. Je pense au métro, je pense à la Seine. Je pense au revolver, mais comment l'acheter, comment aller acheter une arme dans un tel état, je ne peux pas sortir ainsi. Depuis des semaines je ne me lave plus du tout, ni le corps, ni les dents, ni les cheveux, je ne me rase plus, je dois sentir mauvais, ça doit se voir toute cette crasse, les chemises sales, les draps sales, les journaux accumulés, les bouteilles de vin rouge, de vin blanc, de vin rosé, toutes ces bouteilles jetées par terre, qui restent là accumulées. Au bout de quelques mois, presque tout le sol est occupé par les journaux et les bouteilles. Je descends encore les restes de nourriture, je me dis qu'au moins ça ne va pas sentir mauvais. Je suis très lucide, je suis à peine ivre, juste ce qu'il faut pour pouvoir dormir à tout moment, il n'y a plus de jour, il n'y a plus de temps, il n'y a plus de nuit, je vis là dans cette poubelle. Je trouve le mot : je suis une poubelle. Ça me fait du bien. Je suis au moins ça, une poubelle. Je ne pense à rien. Je ne pense pas à vous. Si, parfois ça m'arrive, je dis que je dois aller au cimetière, aller sur la tombe, enlever les fleurs fanées, mettre de l'ordre, je n'arrive pas à prendre un bus, un taxi, je ne peux plus traverser le boulevard Saint-Germain, j'ai peur de tomber, j'ai peur de rencontrer quelqu'un, qu'on me voie ainsi, qu'on me demande comment ça va, oui ça va, je ne sais plus marcher. Je vais très tard à l'heure de la fermeture, au tabac, la nécessité de fumer m'oblige à y aller, traverser le boulevard et acheter une cartouche de Benson. Je tremble. J'ai peur de ne pas y arriver. Et puis chaque fois j'y arrive. C'est une victoire formidable : j'ai des cigarettes pour quelques jours, j'aurai du vin livré par le jeune Chinois tout à l'heure, ça va, je ne me tue pas encore. Je n'y pense même plus. Je m'allonge sur le lit. Je fume, j'entends quelque chose à la radio, tout va bien. Je suis en vie. Qui viendrait me chercher ici ? Je suis enfermé dans cette chambre poubelle et vous n'êtes pas là. Ce n'est pas une dépression, non, c'est simplement une fatigue, énorme, une fatigue depuis l'été 80, une fatigue de toute cette vie, de tous les livres, de vous, de moi, de l'ensemble, vous voyez. Je n'en peux plus. Je suis sans force. Et je ne comprends plus rien. Je suis sans emploi et je ne sais pas me débrouiller seul, je ne sais pas comment faire seul, sans vous. Je ne veux pas être sans vous, c'est ça, je ne veux pas parler de vous, à personne, pas même à moi, je ne vous oublie pas vraiment mais ce n'est pas loin de ça, le dégoût est tel que l'image de vous en vie est impossible à voir. Je revois votre visage dans cette chambre mortuaire des Batignolles, ce corps immobile vêtu du manteau vert et des souliers en cuir clair, je vois ça et ça se confirme : vous êtes morte. Il n'y a plus de corps. Plus de corps à s'occuper, à laver, à faire manger, à caresser, à aimer, à rire, à pleurer. Plus de soin à donner. Plus votre corps pour me toucher, me prendre avec vous jusque dans la mort. Non, plus rien. Je suis resté là et vous, on vous a ensevelie dans ce trou très profond du cimetière du Mont-Parnasse. Je n'ai pas pu faire autrement. Il fallait se débarrasser du corps mort. On ne pouvait pas le garder rue Saint-Benoît, nulle part. Que faire de votre corps mort. Dès le constat de votre mort, c'est ma préoccupation. Il faut enlever le corps, il faut qu'il disparaisse, que personne ne le voie, il faut que les pompes funèbres s'en occupent, c'est leur métier, ils savent faire, moi c'est fini je ne peux plus rien faire pour vous. Je vous laisse partir.

Et voilà. Je suis ici dans cette chambre de la rue Saint-Benoît et vous dans le cimetière du Mont-Parnasse. Ce mot : nobody. Le corps ce n'est rien, c'est personne. Un corps mort ce n'est rien.

Mon corps pas lavé est encore quelque chose puisque je mange, puisque je bois. Je n'arrive pas à me tuer, je ne peux pas me tuer, l'interdit très ancien qui est là malgré soi, tu ne dois pas tuer, tu ne dois pas te tuer. Je ne parle pas. Je ne pense pas. Et cependant c'est là, c'est peut-être ça qui me sauve, qui fait que chaque jour je me dis, on verra demain ce qu'il faut faire pour que ça cesse, la vie. Je ne souffre pas. Rien. Je ne pleure plus. Sauf quand j'entends votre nom à la télévision, sauf quand je vois votre nom dans le journal ou votre photo. Quand paraît chez Gallimard l'édition Quarto, il y a une photo de vous, une photographie de Richard Avedon, à la une du *Monde*. Et je vois votre regard. Vous regardez l'objectif, droit devant, le regard est présent, tellement, vous ne regardez personne, moi, peut-être, puisque c'est moi qui vous regarde en ce moment, comment savoir, non je crois que vous êtes perdue, que le regard voit ce qui ne se voit pas, vous êtes au-delà de la présence. Je regarde encore cette photographie, je la découpe, je la scotche sur le mur en face du lit. Je ne vous regarde plus.

Je vois que rien ne compte pour vous

que ceci : écrire. Que je me suis trompé sur toute la ligne, que l'amour n'a jamais existé, que seul le livre à faire oblige, que je ne suis rien pour vous, un bon à rien, c'est vrai.

Et vous dites quelques semaines avant le 3 mars 96 : pour moi, mourir, ce n'est rien, mais pour vous c'est très grave, vous allez voir comment ça va être difficile sans moi, la vie sans moi. C'est presque impossible.

Et en effet c'est difficile. Plus que ça. Et vous, comment vous faites sans moi, comment vous faites pour vivre là où vous êtes sans moi. On ne sait pas. Je suis ici dans cette chambre de plus en plus sale, je ne descends plus les déchets de la nourriture livrée, ça commence à sentir mauvais et il y a des mouches et autres bestioles dans la chambre, je n'ouvre plus les fenêtres, je ne descends plus au kiosque acheter les journaux, tant pis, seul le jeune Chinois vient vers dix-neuf heures livrer un plat et deux bouteilles de vin et des cigarettes. Je paye avec ma carte bancaire, ça fonctionne encore, il y a encore de l'argent. Il y a tellement de bouteilles vides dans ces vingt-cinq mètres carrés que je tombe régulièrement. Je roule sur les bouteilles. Je reste dans mon lit quasiment tout le temps. J'attends. Votre visage commence à disparaître tandis que je ne sais plus du tout comment faire pour que la vie cesse, la mienne, que je n'imagine plus rien, que je suis abruti par le vin, que j'ai mal à l'estomac, des brûlures, des vomissements, de la saleté partout et dedans et dehors, plus un endroit où regarder, plus d'espace, plus de temps. Et vous dans votre trou du Mont-Parnasse, dans cette tombe dont personne ne s'occupe, j'en suis sûr, ça va devenir comme ici, un bordel énorme. Il faut que je sorte, je promets, je dis demain très tôt, je vais prendre un taxi devant chez Lipp, je traverse le boulevard et j'y suis. Ce n'est rien, je peux le faire, j'ai des lunettes noires, ça va aller, le temps de me préparer à sortir dure. Et puis non, je reste là. C'est impossible, je ne peux pas descendre l'escalier, je vais tomber. Je ne peux pas aller au cimetière, nulle part, je reste là, je me recouche, je bois, je fume. J'attends. Rien.

Et puis il arrive ceci. On est le 30 juillet 98. Je dis : puisque je n'arrive pas à me tuer, que rien n'arrive, que je ne vais pas mourir de faim, que la vie reste là, c'est que je dois vivre, c'est que je vis, c'est que je n'ai pas du tout envie de me tuer, c'est que je me raconte des blagues, c'est que je suis bête. Et tout à coup j'en ai assez de cette bêtise, d'être ainsi dans cette saleté, dans cette poubelle. Une blanquette de veau, des draps propres, prendre un bain, les cheveux propres. Tout ça. Tout revient. C'est brutal. C'est évident.

Je téléphone à ma mère. Et dans les pleurs je dis : viens me chercher. Le lendemain matin elle est là avec son mari, Pierre. Ils viennent du Lot-et-Garonne en voiture. Je préviens : j'ai grossi de vingt kilos, j'ai une barbe de trois mois, je sens mauvais, il faudra m'aider pour descendre l'escalier. Ma mère ne dit rien. Elle dit : on sera là demain matin à 9 heures. Pendant la nuit, je me rase, je décide de faire ça pour paraître plus présentable, plus humain, quelqu'un qui prend le soin de se raser c'est bien. Ça prend beaucoup de temps, d'abord avec les ciseaux et ensuite avec un rasoir. Je me regarde dans la glace de la salle de bains. Je reconnais que je suis moi, que je suis en vie, que ma mère va venir, qu'elle attend ce coup de fil depuis le 3 mars 1996, qu'elle sait que je suis en vie, qu'elle arrive, qu'elle sera là dans quelques heures, que tout recommence, que j'ai un seul mot à dire et tout est comme avant. Je suis le préféré, absolu, sans mot, sans livre, sans histoire, une sorte d'amour avant la connaissance du mot. Avant la naissance et de moi et du mot. Que les mots ce n'est pas la peine. Que la littérature en effet ce n'est rien, que ce n'est pas ça qu'il faut faire, qu'il faut faire autre chose, et c'est ce que vous faites dans chacun de vos livres, ce que vous faites encore avec moi, par les mots et l'effacement de la littérature. Arriver à ça : de la vérité. De l'amour. Et je devais être le préféré, le seul, l'unique et pour vous et pour les livres. Personne d'autre. Et j'accepte tout. Je suis là avec vous, que pour vous. Et vous pour moi. Plus que tout au monde. Toutes les histoires d'amour, tout l'amour du monde entier qui passerait par cet amour-là. Lequel ? Quel amour ? On ne sait pas. Il ne faut pas le savoir. On ne doit pas nommer ça.

Et ce 31 juillet 1998 à neuf heures, ma mère est là. On s'embrasse. Pierre prend les deux sacs de linge sale, linge puant, et je ferme la porte. Je descends l'escalier, je peux le faire, je n'en reviens pas. Il y a des semaines que je n'ai pas marché. La voiture est garée en bas devant la porte. La voiture démarre. Je quitte la chambre de la rue Saint-Benoît. On traverse la France. On va vers le Lot-et-Garonne. Je regarde. Je regarde. Tout. Et puis sur le bord de l'autoroute, je mange un sandwich-jambon-fromage. C'est bon. Du pain frais. C'est extraordinaire. Je crois vous entendre : vous voyez, ce n'est pas si difficile, vous avez faim, vous mangez, votre mère est une excellente cuisinière, vous allez vivre, il le faut, c'est comme ça, ne vous posez pas de questions. Ce n'est pas la peine de se tuer, c'est une naïveté, puisque de toute façon la mort existe, autant ne pas la provoquer, ça n'a pas de sens. Non, restez là chez votre mère, et puis ça va aller mieux, vous allez écrire. Vous allez m'écrire, je vous l'ai déjà dit, rappelez-vous, je suis un sujet en or, c'est moi qui suis là avec vous, ça va aller, vous allez le faire très bien, très facilement, j'en suis sûre, il faut d'abord bien manger, bien dormir, oublier, m'oublier, oui, faites ça, après on sera davantage ensemble, je suis sûre de ça, et l'amour sera encore plus grand, un amour comme dans un livre que j'aurais pu écrire, moi, que j'ai écrit il y a longtemps, vous vous rappelez, tous ces livres ensemble, together, je ne peux pas les oublier, c'est ce que nous avons fait de mieux, ah quel amour, comme dans la vie, comme si ce n'était jamais fini, comme si tout allait recommencer, je vous le dis, moi, Yann, ce n'est pas tout, ne pleurez plus, ce n'est pas la peine, allez venez, on va aller se balader à Orly, j'aime beaucoup Orly la nuit quand il n'y a plus d'avions, que tout est noir, j'aime les lampadaires qui mènent à Orly, la courbure des lampadaires, regardez.

Je regarde. On traverse la France, on arrive dans le Lot-et-Garonne, on peut même lire un panneau qui indique le nom de Duras. On est dans les vignes. On arrive à Agen. Je reste là trois mois. Je me soigne. On me soigne. Ma mère est là. Je suis auprès d'elle. Je sors, je vais marcher le long du canal, je sais marcher, je marche, j'ai moins peur. Ça va aller. La peur s'éloigne. Je lis. Je lis Julien Green. Je peux lire et comprendre quelque chose, ça fonctionne. Je parle. Je parle avec ma mère. Elle écoute. On rit ensemble, on blague. On fait des plats ensemble. On s'amuse. Elle aussi va mieux puisque je suis là, puisque je ne suis pas mort enfermé dans la chambre de la rue Saint-Benoît. Non, je ne suis pas mort. J'ouvre les yeux. Le fils n'est pas mort. Pas encore. Je recommence à téléphoner à quelques personnes, à écrire à quelques personnes.

Je dis la même chose : je suis ici, je suis en vie.

Je lis un livre : *Melancholia I*. L'auteur est norvégien. C'est une histoire d'amour, une histoire simple, une histoire telle que j'aurais pu l'écrire. Je téléphone à Bergen. Je dis : vous êtes Jon Fosse. Il dit : Oui, I'm the writer. Je suis Lars. Je suis Hélène. Lars est fou d'amour pour Hélène. Lars porte constamment deux valises très lourdes : il ne sait pas où aller. Où s'enfermer. Où poser ce poids qu'il transporte.

Je fais un premier voyage seul. C'est près de Toulouse, dans la campagne. Je vais voir une amie et son fils. Je n'ose pas prendre le train, je vais en taxi jusqu'à Rabastens. Et là je vois une merveille : Balthazar. C'est un enfant de onze ans. C'est peut-être l'enfant aux yeux gris. Peut-être moi. Je le reconnais immédiatement. Il vit là dans cette grande maison, dans les champs, seul avec sa mère, seul dans l'amour de sa mère et de son père à qui il téléphone tous les matins, à Paris, avant d'aller à l'école. C'est un enfant pas seulement intelligent, pas seulement doué pour tout, non, pas seulement ça. C'est un enfant intégralement beau. Il sait tout et il ne veut pas le montrer, il ne veut pas le faire voir, il ne veut pas faire de la peine aux autres, à moi aussi bien. Il se tait. Il regarde. Il a cette timidité qui vient d'une prévenance de tous les instants aux autres. Il ne veut pas exercer son intelligence aux dépens des autres, contre les autres, il veut rester dans le bien, il ne veut pas faire de mal, faire le mal, il ne pourrait pas le faire, mais par inadvertance ça pourrait arriver, alors il fait attention, à lui, aux autres, à moi, à sa mère, à son père. Il est là et déjà il est imprenable. Il est seul, il le sait, il n'est pas du tout triste : il aime le monde entier. Il est dans une innocence avertie de tout.

Cet enfant me plaît infiniment. Je l'aime Je ne peux pas le lui dire. Je vais lui écrire. C'est plus facile. Je vais lui écrire comme j'écrirais à quelqu'un d'autre, à moi-même.

Vous aimez cet enfant, Balthazar, je l'aime avec vous. On le regarde ensemble. On a peur pour lui, on regarde son regard, cette tête portée comme une évidence matérielle, celle de l'enfant de l'été 80.

Et puis le 16 novembre 1998 je pars. Je décide de rentrer à Paris. Je quitte le Lot-et-Garonne, cette ville d'Agen où votre père, Émile, a été élève à l'école normale d'instituteurs. Je suis allé jusque vers Duras, j'ai vu la maison du Platier, une ruine, comme une image de *Son Nom de Venise dans Calcutta désert*. Il y a un arbre planté dans le périmètre de la maison. Il reste les murs et cet arbre qui envahit l'intérieur dévasté de la maison. Je vais au cimetière et je vois le caveau familial. Le nom de votre père est écrit. Le cimetière est dans les champs. Tout est calme, tout est en ordre. Voilà, j'ai fait cette visite sans vous. Vous vouliez revoir la tombe de votre père avant de mourir, Yann on va faire ce voyage, je vous le demande, je veux revoir ce pays, cette campagne où mon père est mort seul, loin de nous, de ma mère, de ses enfants, de moi. Moi je ne veux pas faire ce voyage. Et pour la première fois je ne cède pas. J'ai peur que pendant ce voyage vous mouriez. Vous êtes très faible depuis quelques mois, chaque jour je crois que c'est le dernier jour, c'est un miracle, chaque matin vous êtes en vie. Je ne veux pas vous voir dehors, sur les routes, morte avec moi. Je veux que vous restiez là, dans cet appartement, seule avec moi, seulement avec moi, je ne veux pas qu'on voie ce corps mourir. Je vous préserve du monde, je sais que ce n'est pas la peine, que déjà vous avez oublié le monde, que déjà vous n'êtes plus de ce monde et cependant si, vous êtes là, avec moi, on ne se quitte pas, j'attends avec vous la mort effective, on ne fait que ça, rien ne peut nous distraire de ça, on ne sait pas que le 3 mars sera le bon jour, un dimanche, on ne sait pas qu'il reste peu de semaines avant cette date, on fait comme si ça allait durer toujours et parfois je crois ça : que vous êtes immortelle. Que décidément vous ne pouvez pas mourir, que vous ne pouvez pas me faire ça, me laisser, laisser le monde, ne plus écrire. Ne plus voir. Ne plus regarder Balthazar. Ne plus me voir. Et un jour, c'est le début de l'année 1996, vous dites : Duras c'est fini. Je me tais. Je n'essaie pas de dire un mot de consolation, un faux truc, ça ne marche pas, la vérité jusqu'au bout, c'est ce qu'il faut. Et vous dites c'est fini, je n'écris plus. J'ose dire : ce livre, il faut le finir, ce Livre à disparaître, on va le faire. Vous me regardez et puis vous dites : non, c'est fini, vous le savez.

Je baisse les yeux.

On se tait.

Ce voyage à Duras je le fais seul, sans vous. Et je vous prie de bien vouloir me pardonner. Je n'ai pas voulu vous mener là avec moi, avant le 3 mars 1996. Vous ne seriez pas morte pendant ce voyage, mais comment le savoir avant, comment oser affronter ce scandale : sur la route, Duras est morte. Pas un accident de voiture, non, morte normalement, on ne sait pas comment dire ça autrement. Elle était accompagnée par un fou qui a fait ce voyage avec elle, un fou qui ne voyait pas que la mort était imminente.

Je ne suis pas fou, vous n'êtes pas morte sur les routes de France. Vous êtes dans votre lit, rue Saint-Benoît, n° 5, vous me tenez la main, le bras, vous tenez fort jusqu'au matin, il n'y a personne pour voir ça, que vous, que moi, et qu'est-ce qu'on voit, rien, on constate que le cœur ne bat plus et c'est tout. Il n'y a rien à voir. On ne sait pas ce que c'est la mort. Je sais que vous avez cessé de respirer. Que le corps est désormais immobile. C'est tout.

Où êtes-vous?

On ne sait pas.

Personne. On ne peut pas penser à un lieu possible, à un temps qui serait autre que le temps et l'espace où nous sommes ici. On ne peut pas penser le mot : éternité. C'est un mot. On l'emploie à tort et à travers. C'est un mot. Et cependant on peut apercevoir quelque chose de la réalité du mot, parfois, un court instant, un moment très bref, quelques secondes, même pas, par effraction, on n'est jamais prévenu, ça ne prévient pas, c'est là. On croit. Et c'est tout. C'est simple.

Voici : c'est quelques jours avant le 3 mars, vous êtes dans ce grand fauteuil rouge, assise, somnolente, vous ne regardez pas la télévision, vous ne voyez presque plus rien. Moi je suis assis sur le divan couvert de coussins et je regarde les images de la télévision. Brusquement vous vous levez. Je vous laisse faire. Vous vous tenez debout, accrochée au fauteuil. Je suis derrière vous à quelques mètres. Je vous regarde. Et puis vous voulez aller près de la table et à cet instant je vois

votre corps en train de tomber, très lente-
ment, un mouvement très lent, et moi
j'arrive vers vous quand votre tête est très
près du sol, je retiens votre tête dans ma
main, j'empêche votre tête de toucher le
sol. Dans la seconde qui évite la chute,
dans cette main qui retient votre tête,
vous me regardez. Et ce regard dit ceci : je
vous aime plus que tout au monde. Et je
sais que vous m'aimez.

Voilà c'est fini. Jamais on ne s'oubliera,
jamais on ne se quitte, c'est comme ça.

Vous ne pouvez pas faire en sorte que je
ne meure pas, vous n'y pouvez rien, et
moi non plus, je sais que c'est impossible,
je ne peux pas y échapper, je voudrais
bien rester avec vous, encore, mais ce
n'est pas possible. Ce n'est pas triste, vous
savez. Ce n'est rien.

Votre corps est dans ce trou du cimetière du Mont-Parnasse, et alors. Qu'est-ce
que ça veut dire. Nobody. Et alors. Moi je
suis là. Moi je pense à vous. Ça suffit.
C'est suffisant. Il n'y a rien d'autre à dire.
Et des milliers de lecteurs partout dans le
monde. Des enfants qui commencent à
lire. Et l'enchantement. Comme au premier jour.

Je recommence, encore. Jusqu'au
moment où j'aurai compris ça : ça veut
dire quoi penser à quelqu'un, penser à

110

vous, qu'est-ce que c'est penser, ce serait peut-être penser tellement qu'il n'y aurait plus rien du tout, plus de souvenir, plus trace de rien, plus de temps du tout, que de l'amour, si le mot était possible avant le mot. Le mot à inventer.

Non, ce n'est pas possible, on ne peut pas écrire ça. Je vous en supplie, laissez-moi tranquille, c'est fatigant d'entendre des choses pareilles. Venez, on va aller dehors, au Havre, on va aller voir la mer, les bateaux, les mouettes, ça va vous faire du bien et à moi aussi, allez chercher la voiture, je vous attends.

Oui, on y va et on chante *Blue Moon*, cette chanson, jouée au piano, chantée partout en voiture sur toutes les routes de Normandie, sur les routes du monde entier, vous et moi dans la bagnole, à tue-tête, *Blue Moon*, Yann oui, on chante, je chante faux, tant pis, des heures entières. Et puis il faut rentrer. Il faut travailler. Il faut faire le livre. Un dernier livre.

Vous dites souvent, enfin ça arrive quelquefois : vous n'avez pas besoin d'écrire, vous, vous n'avez pas besoin de ça, quelle chance.

Je ne suis tenu à rien. Je dispose d'une formidable capacité à ne rien faire, absolument rien. Ce n'est pas la peine. Tout va bien. Il ne faut pas changer le monde, il ne faut pas changer les gens, tout est beau, tout est magnifique, le monde est parfait en quelque sorte. Il suffit de regarder le monde et les gens dans ce monde, de les regarder vraiment et d'être là avec eux, d'être ensemble, dans une sorte de communauté où chacun serait à sa place, la juste et bonne place. Parfois je crois que le mal n'existe pas. Que le mal est fait faute de mieux, parce qu'on ne sait pas aimer, être simplement là avec quelqu'un, avec vous aussi bien. Et ça vous agace, ça vous rend folle furieuse : on ne peut pas

rester ainsi à ne rien faire. C'est très difficile. C'est à se tuer. Moi j'ai essayé, je n'ai
pas pu. J'écris, je fais des films, je fais du
théâtre. Je ne peux pas rester là sous ce
ventilateur de cauchemar, à Calcutta, je
ne suis pas Anna-Maria Guardi, non, en
aucun cas, c'est moi qui invente cette
femme qui est à qui veut d'elle, qui se
donne, cette femme démunie enfermée
dans la Résidence de France à Calcutta,
c'est moi qui écris, cette femme je
l'invente entièrement, je voudrais être à sa
place, être elle, c'est impossible. Je suis
celle qui écrit. Rien que ça. C'est moi qui
enferme Anne-Marie Stretter, un espoir
de la musique européenne, dans le livre,
c'est moi qui vous invente, vous n'êtes
rien sans moi, vous êtes l'enfant aux yeux
gris, vous êtes le frère d'Agatha, vous êtes
l'Homme Atlantique, vous êtes Yann
Andréa Steiner, les yeux bleus cheveux
noirs, la maladie de la mort, l'amant aussi
bien, je ne sais plus, c'est moi qui fait, et
vous êtes personne, c'est moi seule qui
sais quelque chose de vous, c'est moi dans
toutes les chambres où l'on est, à Trouville, à Paris, à Neauphle-le-Château, partout vous êtes avec moi. Je ne peux pas
faire autrement. J'écris. Je ne fais que ça,
vouée à ce malheur merveilleux, écrire,
essayer d'être vous, là, allongé, à ne rien

faire, essayer de voir la vérité. Il faut que je vous invente à chaque instant.

Qui êtes-vous, je ne sais rien de vous, d'où venez-vous ? Vous me faites peur, vous êtes là pour me tuer, c'est ça, allez dites-le une bonne fois pour toutes, dites-le, parlez au lieu de vous taire toute la journée, de croire que se taire est très intelligent. Eh bien, ça veut dire rien, zéro sur toute la ligne. Nothing.

Vous recommencez. Ça recommence. J'en ai assez de Duras. Qu'est-ce que je fais là, avec vous, à subir cette vie de rien, vous, une pauvre femme avec ces mots et ces livres à faire, toujours recommencer le même livre, la même histoire, quelle histoire.

Taisez-vous. Restez comme vous êtes. Je vous demande seulement de ne pas vous tuer. C'est difficile, je sais, vous ne faites rien, mais essayez de ne pas vous tuer. Jurez-le.

Je ne jure pas. Jamais. Je dis simplement : je reste avec vous. Je ne pars pas. Je ne meurs pas.

Je me demande bien où vous iriez, vous n'avez pas de maison, pas d'amis, tout le monde vous met dehors, il n'y a que moi qui accepte ça, ce type que vous êtes, je ne sais pas qui vous êtes. Peut-être qu'on est les mêmes, je ne sais pas, je ne crois pas, je suis beaucoup plus intelligente que vous, ça oui, c'est éclatant.

Et je reste. J'essaie de partir à nouveau, de quitter la chambre, je vais à l'hôtel près de la gare d'Austerlitz, des hôtels pas chers, j'ai une valise, je dors toute la journée, le soir je bois des bières au buffet de la gare, je suis mêlé à ceux qui prennent un train, à ceux qui partent, à ceux qui savent où ils vont, à ceux qui sont attendus, dans une ville, dans une maison, des gens avec beaucoup de valises, des affaires plein les bras, des gens qui savent quelque chose. Je les regarde, je bois beaucoup de demis et je reviens à l'hôtel. Ça dure en général deux ou trois nuits au maximum et puis dans la nuit, tard, je téléphone. Et j'entends votre voix : c'est vous, vous n'êtes pas mort. Où êtes-vous ? Je ne veux pas vous dire où je suis, je ne veux plus vous voir, je ne supporte plus, ni vous, ni Duras, toutes vos histoires, des histoires de rien du tout. Vous dites : cessez, vous avez trop bu, dites-moi où vous êtes et je viens vous chercher, on boira un verre. Et on se quittera définitivement, si c'est ça que vous voulez. Je suis d'accord, c'est impossible de vivre avec moi, avec un écrivain, c'est impossible, je le sais, partez, il faudrait avoir un génie formidable pour vivre avec moi, bon, tant pis.

Vous ne me supportez plus, je comprends. Prenons un dernier verre ensemble.

Je dis oui. Elle dit j'arrive. On boit un verre. On ne se quitte pas. Elle dit : cette comédie que vous faites, c'est incroyable, et en plus c'est moi qui paye l'hôtel, vous n'avez pas le moindre sou, c'est incroyable, et moi je supporte. Bon, on va aller jusqu'au Pont de Neuilly, on va longer ce fleuve, la Seine.

Je suis Duras.

C'est ce que vous dites quelques jours avant le 3 mars 1996. Et vous ajoutez : Duras c'est fini. Je n'écris plus.

Je ne dis rien. Je sais que c'est vrai, que vous allez mourir très vite maintenant. Elle tient on ne sait comment la vie, ce mot, la vie. Et puis l'autre mot, la mort.

Je dis : on va continuer le livre.

Non, laissez-moi, je n'écris plus. C'est tout

Quoi faire, quoi dire, rien.

Jusqu'au dernier moment vous savez ce que c'est, ne pas écrire. Vous ne voulez en aucun cas dicter quelque chose qui ne soit pas écrit, les mots justes, le mot qu'il faut. Vous savez que vous n'avez plus la force physique et mentale de le faire, alors vous cessez. Vous ne mentez pas. Vous ne voulez pas dire n'importe quoi, faire passer du temps, écrire des choses banales, des choses ordinaires qui seraient comme pour tuer le temps. Non, vous ne cédez pas. Jusqu'au jeudi 29 février 1996.

Et alors il n'y a rien à faire. Attendre seulement le moment, ce jour du 3 mars. Face à ce jour, seule, avec moi, là, ici, seule à savoir vraiment, seule à vous demander ce qui va arriver, ce qui va vous arriver. Vous essayez de comprendre, d'apercevoir comment ça peut se passer. Vous ne savez pas. On ne sait pas. Il n'y pas d'information. Il n'y a pas d'intelligence. On est face à rien. La mort n'existe pas.

Vous croyez ça, vous? Vous rigolez ou quoi.

Non. Je vous le dis : puisque je suis ici, aujourd'hui, ce jour de printemps 1999 à Paris, puisque je vous écris, puisque vous m'avez dit, faites-le, Yann, essayez, soyez simple, n'essayez pas de faire de la littérature, des choses fausses, non, soyez vrai, restez comme vous êtes, comme je vous ai photographié dans *L'Homme Atlantique*, marchez comme je vous ai dit de le faire dans le Hall des Roches Noires, faites ça, puisque vous ne pouvez pas toute votre vie ne rien faire du tout, dites la vérité et ça ira tout seul. Débarrassez-vous de votre timidité, de cette sensibilité atroce qui vous empêche de tout.

Faites cela en mémoire de moi.

Non, pas en mémoire, non, pas jusque-là, je n'ai besoin de rien, faites-le pour rien, comme ça, pour m'oublier tandis que vous essayez de me rejoindre, puisque vous copiez ce que j'aurais pu écrire moi aussi de vous, et pas seulement de vous. Non, croyez-moi, on n'existe pas. Ce sont les livres qui existent, le livre, toujours le premier livre, celui que chacun fait ou ne fait pas, celui qui est à lire et à relire sans fin, les mêmes mots à chacun adressé, chacun est le préféré, et tout le monde lit le même livre, partout dans le monde entier on répète les mêmes mots.

La même prière de lire.

De se taire.

D'être là à ne pas comprendre. A essayer d'inventer de l'amour. Pour vous. Pour celui que je ne connais pas. Pour Balthazar aussi. Quand j'écris, j'écris pour le tout-venant. Celui qui sait lire. Vous, aussi bien.

Je vous aime plus que tout au monde.

Plus encore.

Vous vous rappelez cette phrase. Elle me plaît infiniment. Je la répète sans fin jusqu'à ne plus vouloir rien dire, jusqu'à ce que seuls les mots résonnent.

Oui, ce sont les voix de *India Song*. Ces voix intenses. Et ce bal qui n'en finit pas.

Oui, ça n'en finit pas. On est là. On va

danser. C'est le 31 décembre 1994. On est chez des amis. C'est le presque dernier réveillon. Et on danse ensemble.

J'aime toujours danser, ça ne part pas, même maintenant je danse, vous voyez.

Et vous dansez, je vous tiens fort contre moi, je ne veux pas que vous tombiez, vous vous serrez fort contre moi, comme si de rien n'était, comme si c'était le premier bal, comme si on allait se rencontrer, se dire le premier mot, le premier regard, définitif. On danse jusque tard dans la nuit. Comme si on pouvait se quitter à tout moment. Comme si c'était fait. Comme si on se disait adieu depuis le premier jour, ce jour d'été à Trouville au bord de l'Atlantique. Un adieu dans la voix. Callas chante Casta Diva pour nous. La voix est entendue dans l'immensité vide du Hall des Roches Noires. Elle chante. Seule. Elle dit : qui chante ? Cette voix, c'est moi ? On chante. Et à mesure que la voix chante, elle meurt. Un adieu dans la voix, à chaque mesure. Toute cette histoire, toutes ces histoires, vous, moi, quelle importance, pourquoi ces livres, ces mots, cette rengaine de l'amour, ah oui, pourquoi toute cette peine, dites-le-moi.

Ce n'est pas la peine et cependant c'est la peine. Les livres ce n'est pas la peine et cependant j'ai fait des livres toute ma vie, que ça. Et alors. Alors rien. C'est comme ça. Et l'autre, la divine, la morte, elle chante. Pourquoi ? Le sait-elle ?

Oui, c'est comme ça. C'est ainsi. Et ainsi c'est bien. Je suis ici à Paris, rue Dauphine, et je vous écris. Je suis heureux de le faire, je ne sais pas si le mot heureux est le bon, anyway je le fais, je vous écris et je vous regarde, et je continue à vous écrire des lettres, des mots, comme avant l'été 80, les lettres envoyées, sans réponse possible, personne ne répond jamais. Des lettres par centaines alors que je ne vous connais pas, pas même votre visage, seulement le nom de l'auteur et les livres. Pas de connaissance de vous, vous n'existez pas, pas de corps, pas de sourire, pas de colère, pas de balade en voiture tard le soir, pas d'amour dans le lit, rien de tout ça, que la lecture des livres écrits par ce nom de Duras.

Sauf ce mot reçu de vous : venez. Et je viens à Trouville et je reste. Je ne pars pas. Vous ne partez pas. On est là. Ensemble et séparés. Des pauvres gens. Nous n'avons rien. Tout cet argent pour rien. Qui ne sert à rien. Cet argent qui vous amuse. Comment ça peut se faire, gagner autant d'argent, c'est à ne pas croire. Vous êtes émerveillée.

Vous dites : je vais vous payer deux vestes, chez Saint Laurent, place Saint-

Sulpice, on en a marre d'être des clochards. Heureusement, moi j'ai mes diam's aux doigts, on voit tout de suite que je ne suis pas une mendiante, mais vous, avec votre dégaine, non, je veux vous voir bien habillé.

On arrive dans la boutique, vous dites aux vendeurs : vous savez qui je suis. C'est pour lui, je veux deux vestes, et je vous préviens, j'ai un rabais de 30 %, j'ai téléphoné à la direction avant de venir dans votre boutique. Moi, je ne veux plus de vestes, rien, je veux partir, je ne sais pas où me mettre. Et les vendeurs, mais certainement nous sommes au courant, si vous voulez vous asseoir madame.

Elle s'assoit et elle me regarde essayer les vestes. Non, pas celle-là, vous voyez bien qu'elle ne vous va pas du tout, tournez un peu, marchez que je voie comment ça vous va. Et moi je le fais, je marche, les vendeurs se retiennent de rire, moi j'ai envie de pleurer, de tout plaquer.

Vous savez que tout lui va, regardez-le. Ah oui, ce blazer bleu marine, Yann, c'est ça qu'il vous faut. Tout le monde dit oui, c'est ça qu'il vous faut, ça vous va parfaitement, aucune retouche à faire. Je vous le dis, il a la taille mannequin. Bon, et puis une autre, plus fantaisie. Vous voyez, on va souvent à Trouville, j'ai un appartement aux Roches Noires. J'essaie une veste prince-de-galles. C'est parfait, c'est exactement ça. Yann, prenez-la, je vous l'offre. Je dis oui. Vous payez : surtout n'oubliez pas les 30 %.

On sort. Je porte le blazer bleu marine. Vous dites : marchez devant moi. Je le fais. Je marche. Vous dites : Saint Laurent, quelle merveille.

Je suis ici, rue Dauphine. Je recommence à vous écrire, comme avant, comme si de rien n'était, comme si le 3 mars n'avait pas existé, comme si votre corps enveloppé dans ce manteau vert n'était pas en train de se décomposer, de disparaître complètement, oui, je passe outre à cette absence atroce certains jours, certains soirs, à cette impossibilité de voir un sourire, d'entendre un mot de vous, votre voix, plus rien. Je passe outre. Je recommence à vous écrire des lettres comme avant l'été 80, comme avant le 3 mars 1996, ça continue. Qu'est-ce qui aurait changé entre vous et moi, quoi peut se détruire, quoi se défaire, se quitter, quoi, dites-le-moi. Je ne dis pas que vous n'êtes pas morte, non, je ne dis pas ça, je ne suis pas fou, mais je dis que ça ne change rien. Que la séparation n'existe pas puisque je lis votre nom sur la pierre tombale, votre nom de Duras dans ce jardin du Mont-Parnasse. Seulement ce nom parmi tous les autres noms, cette démocratie du nom écrit, tout le monde y a droit, tout le monde porte un nom, et tout le monde peut le lire. Votre nom je peux aussi l'écrire et le répéter, le chanter sur tous les tons, le prier quand bon me semble, et lire tous les livres, les relire, comme un premier lecteur.

Oui, je crois ça : la présence existe chaque fois que le nom est dit, chaque fois que le mot est lu. Il n'y a pas d'au-delà, il y a cette présence continue, ici et maintenant, quelque chose comme de l'éternité qui se fait à chaque instant, qui se fait à tout moment, quelque chose qui est là dans ce même temps que notre temps, dans ce monde et cependant hors du monde.

Ce mot, je vous ai déjà dit qu'on peut à peine le dire, et très rarement l'écrire.

Vous dites, vous, à la fin d'un livre, je ne sais plus lequel : Dieu, ce truc.

Oui, je l'ai écrit. Et je crois encore qu'on ne peut pas dire autrement. C'est impossible. On tourne autour, on n'y arrive pas.

Taisez-vous.

Taisons-nous. C'est encore ce qu'il y a de mieux à faire.

Je me tais. Je crois aussi, comme vous, qu'il ne faut pas s'aventurer dans les parages de Dieu, ne pas en parler, le laisser tranquille, il ne nous demande rien. Occupons-nous de nous, de nos affaires.

Et notre affaire est celle-ci : aimer encore davantage. Tandis que je vous écris et tandis que je pense à vous, c'est ce que je fais. Ce n'est pas pour me débarrasser de vous, pour vous quitter, non, c'est au contraire pour mieux me voir, vous voir, voir l'écart qu'il y a entre vous et moi, et être cependant ensemble. Donc je continue de vous écrire. Qu'est-ce que vous dites, vous.

Rien. Je n'ai rien à répondre à ça. Je ne me suis jamais posé ce genre de question. On écrit on ne sait pas pourquoi et il ne faut pas le savoir, sinon rien ne se passe. On est toujours au bord de ne pas écrire et on le fait quand même. Pourquoi ? Je ne sais pas. Il faut abandonner une intelligence trop grande, il faut voir quelque chose de précis pour éviter de trop voir, de voir le tout, il faut s'embarquer dans une histoire particulière, d'amour, pourquoi pas, s'enfoncer dans cette histoire, y aller carrément, tout oublier, de vous, de moi, de Dieu, écrire comme machinalement, des mots simples, des mots ordinaires, des mots de tous les jours. Ça peut être extraordinaire. Ça peut être rien. On n'en est pas responsable. Ça existe ou ça n'existe pas. C'est comme la vérité.

Oui, c'est ça, et c'est ce que je vous dis, c'est ce que je vous écris, toujours, depuis le premier jour, et peut-être en effet n'est-ce pas la peine, pas la peine du tout de vous écrire, d'écrire quoi au juste que vous ne sachiez pas déjà totalement, puisque l'histoire est complètement faite, puisque vous l'avez complètement écrite, inventée dans la vérité la plus extrême, la plus juste, la plus belle, la plus atroce, tout ce bordel où l'on ne reconnaît plus rien, ni moi ni vous, que des mots à lire encore et encore. Des livres. Alors oui, c'est fini, vous avez raison, c'est tout.

Et pourtant non, ce n'est pas tout. Je suis là et je suis chargé de ça : vous écrire et faire entendre ce nom, cet amour-là qui ne vous appartient pas, qui est à tout le monde, à tous les lecteurs, le dire, le hurler, l'écrire encore, répéter ce que vous avez écrit, à la lettre, lettre après lettre, copier, ne pas avoir honte de ça, de la copie intégrale. Et ainsi l'intelligence sera plus grande, et ainsi vous et moi on est là dans ce monde : on peut aimer encore.

Je n'entends plus rien, je ne comprends plus rien. Écrivez.

Allez, venez, on va sortir de la chambre, on étouffe ici, j'ai besoin d'air, on va aller où je veux aller, vers Senlis, il y a longtemps que je ne suis pas allée là. Dépêchez-vous, allez chercher l'auto. Ce que je préfère à tout, c'est être en voiture avec vous, voir la route, foncer, chanter, oui, toujours, c'est ce que j'aime plus que tout au monde. Le reste me fatigue, vous êtes fatiguant. Allez au parking chercher la bagnole, je ne supporte plus cette chambre. Il faut aller dehors.

On part vers l'Est, la nouvelle direction désormais.

J'adore aller vers l'Est, on n'y pense jamais, Meaux, Senlis, quelle beauté, et cette nouvelle voiture est formidable, une limousine, on ne sent rien, pas un bruit, on est bien, il n'y a pas mieux, moi j'ai toujours aimé les Peugeot, les meilleures voitures du monde, vous êtes d'accord? Moi à dix-huit ans j'ai acheté ma première voiture, d'occase, et vous?

La voiture roule, vous et moi dedans, enfermés, les fenêtres ouvertes, on dit n'importe quoi, je n'entends pas ce que vous dites, on chante, vous dites, vous chantez toujours aussi faux, ça ne fait rien, je chante, on roule, on ne descend jamais de voiture, on fait des dizaines de kilomètres sans s'arrêter, si parfois, à une station-service, on achète des glaces, chocolat pour vous, vanille pour moi, des esquimaux et vous dites : qu'est-ce que c'est bon, surtout les Gervais, ça n'a rien à voir avec les autres marques, tenez goûtez le chocolat, c'est ce qu'il y a de meilleur.

On roule, on va là où vous voulez, tournez à gauche, continuez, ralentissez, vous voulez me tuer ou quoi, c'est ça votre petit jeu, tuer Duras, c'est ce que vous voulez, je l'ai toujours su, je sais reconnaître les assassins, j'ai l'habitude, vous savez.

La Lancia noire entre dans le parc de la Résidence. Anne-Marie Stretter descend de l'automobile. Elle est seule. Elle est pâle, très blanche, la blancheur des colonies, la chaleur, le ventilateur de cauchemar. Vous voyez, elle fait de longues promenades, seule avec son chauffeur, elle ne parle pas, elle regarde les rizières, la platitude des rizières, la misère, elle ne pense plus jamais à la musique, plus de piano, ici les pianos se désaccordent très vite à cause de l'humidité, c'est ce qu'elle dit aux invités quand on lui demande pourquoi elle ne joue plus. Anna-Maria Guardi c'est fini. N'existe plus.

Oui, je vois, je suis avec vous, je vous écoute, j'entends les mots, la voix, le son de la voix qui dit les mots.

Cette femme, elle ne nous connaît pas, elle ne sait pas que nous existons, comment le pourrait-elle, elle ne voit personne, elle veut mourir, elle n'y arrive pas, elle ne fait rien. Elle attend. Des amants, oui, encore parfois, elle est à qui veut d'elle, sans préférence. Cette femme je l'invente, je la vois, je vous raconte l'histoire, mon histoire qui devient la sienne et la vôtre aussi bien.

C'est ça, je vois la Lancia noire entrer dans le parc de la Résidence. L'Ambassade de France à Calcutta. Après, que fait-elle ?

N'en profitez pas pour faire du 180, je me rends compte que vous accélérez en douce. Arrêtez tout de suite, sinon j'ouvre la portière et je saute. J'ai trop peur. Vous me faites peur. Je crois que vous voulez ma mort. Rentrons. Allez, faites demi-tour.

Je suis né le 24 décembre 1952 en Bretagne, dans cette ville de Guingamp. Il est presque minuit et le médecin dit à ma mère, poussez, ça ne peut plus attendre, je dois aller à la messe de minuit. Et en effet je suis né avant minuit, le 24 donc et pas le 25. Mon arrière-grand-mère, Louise M. veut que je sois appelé Raphaël. On me baptise autrement : Yann. C'est-à-dire Jean-Baptiste. C'est ce que me dit Louise, Yann, c'est Jean-Baptiste, pas Jean l'Évangéliste. Je ne comprends pas très bien, je sais que ma fête est le 24 juin. Et très récemment je me suis dit : on m'a appelé ainsi, parce que ça fait deux fois six et deux fois douze. Je suis sûr que c'est une coïncidence, que personne n'y a pensé, mais il me plaît de penser ça : je suis parfaitement divisé, je suis un + un. Je suis droitier et gaucher, cérébral et physique, je ne suis rien de tout ça, je suis dans l'entre-deux, dans un espace et un temps non résolu. Je n'ai pas une place déterminée, je peux occuper toutes les places, tous les emplois qu'on veut bien me donner, tout me va, tout m'agrée. Je suis à qui veut de moi, sans préférence, dans l'absolu d'un non-choix. Je suis aussi bien l'homme Atlantique que l'homme de la maladie de la mort, je suis capable de vous aimer, plus que tout au monde, vous et tous les autres, vous plus que tous les autres, oui, mais quand même, je suis le préféré pour tous et à tous.

Je suis capable de vous laisser là, de tout quitter, non je ne vous quitte pas, jamais, en aucun cas, dès que j'ai vu quelqu'un, dès que je vous ai vue, je ne vous quitte pas. Je reste. Je pense à vous. Pas tout le temps. Souvent je ne pense à rien. Strictement à rien. Zéro. Je suis au bord de me quitter. De mourir sans le vouloir. Des moments de découragement immense. Parfois je ne comprends plus rien. Ni le monde, ni personne, ni moi. C'est le vide. Un désespoir pas nommé.

Ce n'est rien, ça va passer, venez.

Ça revient. Je reviens vers vous. Je ne vous quitte pas, je ne quitte personne, c'est plutôt les autres qui en ont vite assez. Qui ne supportent pas cette insistance à rester, à ne rien vouloir, et cependant à vouloir tout, mais quoi, on ne sait pas. Et vous, vous dites : mais, qu'est-ce que vous voulez à la fin ?

Je ne réponds pas.

Je suis là aussi pour vous.

J'envoie des lettres. Beaucoup de lettres. C'est une sorte de manie. Et depuis longtemps. Ça commence vers sept ans. J'écris à Louise qui habite seule dans cette maison de Guingamp. J'écris à cette arrière-grand-mère, je ne sais pas quoi, mais je termine les lettres ainsi : Ton fillioul. Et ça fait rire. Pas moi. Je voudrais écrire correctement le mot fil-leul. Je n'y arrive pas. Je continue à écrire. Et après je ne m'arrête pas, même si pendant de longues périodes je ne sais pas à qui écrire, personne à qui envoyer des lettres. Et puis je tombe sur vous, ce livre de vous, *Les Petits Chevaux de Tarquinia*, là, dans cet appartement de Caen, et je me mets à vous écrire plusieurs fois par jour, pas de réponse possible, jusqu'au jour où vous dites : venez. Genre : on va voir ce que c'est, ce type qui m'écrit tout le temps, qui parle de mes livres, on va voir, qu'il rapplique.

Je viens.

Et je reste.

Vous dites très vite : comment faire pour se débarrasser de Yann, ce n'est pas possible, je n'en veux pas de ce type, c'est bien ma chance de tomber sur un mec

135

pareil, qui reste là à ne rien faire. Une buse. Aucune dignité, on le fout à la porte avec ses valises, il revient Il reste. Il se tait.

Vous ne pouvez pas vous débarrasser de moi. Et moi non plus. J'essaie de partir, je reviens. C'est ainsi. Et c'est bien ainsi.

Oui, je suis là pour consigner les mots que vous dites, pour vous laisser écrire tandis que je me tais, tandis que je ne comprends pas, tandis que vous inventez l'histoire vraie du monde. Je suis là pour ça. Pour éviter que ça cesse, pour faire que les mots soient inscrits sur la page. Que les livres soient faits et offerts à tous, à tous les lecteurs qui ne savent pas encore que ce livre les attend.

Je suis là pour vous maintenir en vie, pour aimer aussi bien, vous, les mots, les histoires.

Je ne me prends pour personne, pas pour vous, non, pas pour Duras, ce nom, vous êtes seule, seule au monde et seule à écrire, vous n'avez besoin de rien, ni de moi ni de personne. Et cependant je suis là. Je reste. Je suis là comme ça, à la fois inévitable et par inadvertance. Une plaie, vous dites, je n'ai jamais vu ça. Si c'est pour le fric que vous restez, je vous préviens, Yann, vous n'aurez rien, rien du tout. Ce n'est même pas la peine d'espérer.

Non, je n'espère rien. No money. Nothing. Que vous. Votre personne attachée à moi et la mienne à la vôtre. Dans une sorte de lien imbécile, absurde, qui n'a pas de sens, ça ne rime à rien, vous dites ça. Ça ne rime à rien, oui. Et cependant c'est là. Quoi ? Quoi serait là qui existerait comme une preuve de l'existence de Dieu, une preuve impossible, toujours à vérifier, toujours à prouver, alors qu'on sait qu'il n'y a pas de preuve, oui, on le sait, il n'y aurait que des mots, que de la vérité qui essaie toujours d'être là entre nous, qui existe parfois, elle est là, dans une sorte de grâce intenable, alors il faut passer outre, s'aimer, aimer le monde encore davantage et elle revient, elle est là, la vérité du mot.

C'est le dimanche matin vers huit heures, le 3 mars 1996, le cœur cesse de battre. Vous êtes dans votre lit de la rue Saint-Benoît.

Vous êtes morte.

Yamina B., le médecin d'Alger, qui fait fonction de garde-malade, depuis un an avec nous, ferme les paupières, attache un bandeau autour de la tête pour maintenir la bouche fermée.

Toute la nuit je suis près de vous, vous me tenez le bras, vous frottez mon bras, vous avez encore beaucoup de force, vous tenez mon bras, je suis allongé près de vous, je ne bouge pas, je vous laisse faire, je vous laisse me serrer le bras, la main, l'épaule, je sais que c'est ça qu'il faut faire, je sais que c'est tout ce que je peux faire, c'est tout ce que vous pouvez faire.

Vous ne parlez pas, vous avez les yeux fermés.

Dans la nuit, le professeur Hervé Sors est venu. Il dit que vous allez mourir définitivement dans quelques heures, vingt-quatre heures tout au plus. Ce n'est pas la peine d'aller à Laennec, elle respire sans souffrance, elle n'est pas déshydratée, on ne fera rien de plus en réanimation.

Il reste un moment avec moi. On parle de ces neuf mois en réanimation, en 88-89 dans son service à l'hôpital Laennec, de ce moment miraculeux où la vie est revenue, où vous êtes revenue à la vie, intacte, souriante. Cette fois il n'y aura pas de miracle. Il me serre la main.

Je retourne près de vous, je vous donne ma main, mon bras, vous saisissez la main, le bras, le reste du corps est immobile. Je m'allonge près de vous. Je ne parle pas. Je sais que déjà vous n'entendez plus, que seulement la présence du bras et de la main importe. Je sais que vous êtes déjà morte et cependant le cœur bat encore, il faut attendre qu'il veuille bien cesser de battre. Vers six heures, je décide d'aller m'allonger dans mon lit. Je vous laisse dans votre lit. Les lampes sont allumées, les portes sont ouvertes, on ne sait pas, peut-être un appel, un cri. Je m'endors. Vers huit heures j'entends Yamina arriver, je ne veux pas me lever, je me dis que Yamina me préviendra, je la laisse faire, j'ai une confiance totale en cette femme qui a appris à vous aimer. J'essaye de me rendormir. Je voudrais dormir longtemps, je somnole, j'entends des pas et puis la voix de Yamina à la porte ouverte de ma chambre : venez.

J'ai compris. Le cœur a cessé de battre. Vous êtes vraiment morte. Pour toujours. Cette chose banale, la plus ordinaire, la chose qui a lieu depuis toujours et pour toujours, partout dans le monde, qui arrive à chacun, cette chose ordinaire est arrivée ce dimanche matin, vers huit heures, 5, rue Saint-Benoît à Paris, dans cet appartement que vous habitez depuis 1942, dans cette chambre, dans ce bureau, dans ce petit lit de jeune pensionnaire, oui, c'est arrivé ce jour-là : vous êtes morte.

L'adieu a eu lieu le jeudi 29 février. Je suis chez Gallimard, dans le hall, je ne sais plus pour quelle raison. Yamina me téléphone, elle pouvait me joindre partout. Elle dit que vous n'allez pas bien. Je comprends : c'est grave. Je comprends que si Yamina me prévient ainsi, c'est que c'est vraiment grave. Je reviens rue Saint-Benoît.

Vous êtes sur votre lit à moitié assise, soutenue par des oreillers, vous me regardez, je vois que vous me reconnaissez immédiatement. Vous dites : Yann, adieu, je pars, je vous embrasse.

Et moi aussi je vous embrasse. Et moi je dis bêtement, mais pourquoi vous dites ça, vous allez partir où, pourquoi dire ça, adieu ?

Vous ne répondez pas. Vous continuez de me regarder. Vous savez que je sais que c'est fini. Je sais que ce n'est pas la peine de mentir, de tricher, raconter des blagues. Je comprends à votre regard que ce n'est pas la peine d'insister. Je me tais. Et puis le Samu arrive. Yamina avait appelé le Samu quand vous avez eu une légère syncope le matin. Elle avait vu que c'était sérieux, elle avait prévenu le Samu et moi sur mon portable. Les médecins entrent. Ils font les gestes qu'il faut faire. Il n'y a rien à faire. Je dis ce n'est pas la peine de l'emmener à l'hôpital. Ils disent qu'en effet ce n'est pas la peine.

Voilà. Vous avez encore tenu jusqu'au dimanche matin, donc, jusque vers huit heures. Le cœur a cessé vraiment de battre. Vous n'avez pas pu empêcher la mort. Je n'ai pas pu empêcher la mort. Je vous laisse mourir. Vous êtes seule. Je suis près de vous. Vous me tenez la main, vous remontez votre main vers mon bras, vers mon épaule, vous serrez, je sens votre main sur ma peau, je sais que vous ignorez déjà que c'est moi, Yann, qui suis là avec vous, allongé près de votre corps immobile, les yeux fermés, et moi je ne peux rien faire, je sais qu'il n'y a plus rien à faire, que ça, attendre cette chose, ce mot, la mort du corps. Pourquoi ça cesse ? Pourquoi ça tombe sur vous ce dimanche 3 mars 1996, rue Saint-Benoît, pourquoi ? Parce que c'est comme ça. Parce qu'il n'y a rien à dire. Il faut seulement constater la mort. Que le cœur a cessé de battre. Qu'on ne peut donc plus vivre. Qu'on est mort. Et vous êtes morte. Seule. Emportée seule dans la mort pourrait-on dire, et moi ici.

J'appelle les pompes funèbres, je pense immédiatement à l'organisation des obsèques, ça occupe. Prévenir votre fils, ta mère est morte, ça je ne peux pas le dire, je ne peux pas encore dire cette phrase. Je téléphone au père de votre fils, Dionys Mascolo.

Je crois maintenant que le véritable adieu n'est pas celui du 29 février, non, je crois plutôt qu'il a eu lieu quelques jours plus tôt, alors que votre état est stable, fragile, on ne peut pas prévoir une fin si rapide, si proche. C'est un soir, tard dans la nuit. Je suis assis au bord de votre lit. Vous êtes couchée. On parle. Vous parlez. Je ne sais plus ce que vous dites. Et puis vous caressez mon bras, mon épaule. Et le visage. Plusieurs fois. Ça ne me surprend pas. Vous le faites souvent depuis quelque temps. Ce soir-là, ce qui m'étonne c'est la force avec laquelle vous me caressez. Le visage. Ce n'est pas une caresse, non, c'est comme si votre main modelait mon visage, comme si vous le dessiniez, comme si vous vouliez voir le volume du visage, le faire advenir. Vous me faites mal et je vous le dis, je dis je vais avoir la figure défaite. Vous ne répondez pas. Vous avez l'air de dire, il recommence, il ne comprend rien à rien. Vous continuez à frotter mon visage, à le faire à votre main, à constater quelque chose du volume de la tête, à déjà vous souvenir de moi, ne pas me perdre, ne pas vous perdre, être ensemble dans le visage, vous et moi, moi puisque c'est moi qui suis là, et pas un autre, ça aurait pu être quelqu'un d'autre, mais ce n'est pas le cas, c'est moi et personne d'autre dans le monde. C'est ainsi. Je me laisse faire. De plus en plus rapidement vous frottez mon visage comme si vous le laviez, comme vous le feriez avec une éponge, une pâte à modeler, je vous laisse faire et puis vous cessez. La fatigue, probablement.

Je ne sais pas encore que c'est la dernière fois que votre main me caresse ainsi, que je suis une dernière fois touché par vous avec une telle violence, jusqu'à vouloir emporter ce visage, qu'il disparaisse avec vous, avec le vôtre, dans le cercueil dans lequel on va vous déposer. Non, j'ignore que c'est la dernière fois. Oui, je sais que vous allez mourir, mais puisque vous êtes là, puisque vous caressez mon visage ainsi, je dis que ce n'est pas possible, que la mort s'éloigne, que vous n'êtes pas si faible que ça, que vous mangez bien, que vous marchez, que vous vous tenez debout très bien, que vous me parlez, que tout va bien au fond, que vous n'allez pas mourir, que c'est impossible.

Et puis non, je sais que c'est très possible, je le sais depuis plusieurs mois, ça ne va pas tenir longtemps, la vie. Et ce soir-là, cette caresse-là, c'était la dernière en effet. Je ne pouvais pas le savoir. Et vous, est-ce que vous le saviez? Est-ce une manière gracieuse de dire : ça va aller, ne vous en faites pas, ça va, ce n'est pas si grave de mourir. Est-ce une manière de me retenir, d'être encore davantage avec moi, une manière d'aimer une dernière fois, une sorte de merci. Est-ce une manière de me faire mourir avec vous. Que mon visage soit détruit ainsi par votre main. Je ne sais pas, je ne peux pas dire ça. Je ne peux pas le dire. On ne sait pas. Il n'y a que vous pour le dire. Vous n'êtes pas là pour le confirmer puisque vous êtes morte ce dimanche matin vers huit heures, 5, rue Saint-Benoît à Paris, en France. Dans votre lit. Ce lit dans cette chambre où vous avez tant écrit. Où je suis avec vous depuis l'été 80. Cette chambre désormais disparue, défaite, refaite, repeinte, avec d'autres gens, d'autres histoires, d'autres folies, d'autres vies, cette chambre où nous ne sommes plus, ni vous ni moi. Dehors. Vous, 3, boulevard Edgar-Quinet et moi rue Saint-Benoît, dans une autre chambre, à un autre numéro. Une chambre blanche. Une chambre avec lit. Une chambre où vous ne venez pas. Une chambre que vous m'avez donnée. Cette chambre que je supporte désormais. Sans vous. Puisque vous êtes morte. Puisque vous n'êtes pas là. Puisque la chambre de l'écriture a disparu.

Vous savez, non vous ne le savez pas, je vous le dis : depuis le 16 novembre 1998 je retourne au cimetière du Mont-Parnasse. Je peux de nouveau y aller et regarder la pierre blanche. Je peux de nouveau lire le nom, le prénom et les dates. Je vois que la pierre blanche a vieilli, je vois que la couleur est salie, que la pierre a reçu beaucoup de pluie, de soleil, de vent, je vois que des fleurs ont été déposées, elles ont pourri là, la pierre est devenue ancienne déjà, ça fait très très longtemps que vous êtes là, enfermée. On ne voit que le nom, le corps est en train de disparaître, se défaire complètement.

Il n'y a rien à voir.

Il y a le nom et c'est tout.

Je comprends ça et je peux venir ici sans pleurs, sans chagrin. Je peux marcher dans les allées, sentir l'odeur des tilleuls, je peux lire d'autres noms.

J'enlève les fleurs fanées, je jette les vieux pots, je laisse toujours visible le nom, c'est incroyable à quel point on ne sait pas qu'il ne faut pas recouvrir le nom avec des fleurs, à quel point ça gêne, à quel point ça ne se fait pas. Bon, ce n'est pas grave, c'est une sorte de naïveté : déposer des fleurs, de petits cailloux, des tickets de métro, des bonbons, des bouts de papier, une bougie. Un fatras recouvre la pierre blanche. Je laisse le tout, et puis certaines fois je débarrasse. Tout à la poubelle. Je veux rien sur la pierre, que le nom, ce nom de plume et ce prénom de fleur justement, ce n'est pas la peine tous ces ornements, toute cette pacotille.

Et pourtant, moi aussi, je me laisse aller à ça. Cette naïveté ancienne des premiers hommes. Un jour j'achète trois pots de marguerites. Je les dépose près du nom gravé dans la pierre. Je souris. Je dis : il y a le mot, il y a la chose. Ce n'est pas la peine et pourtant, parfois je veux des milliers de fleurs, des brassées de fleurs sur la pierre blanche. Que cette tombe, la vôtre, soit la plus belle, la plus fleurie, la plus aimée. Non, je ne fais pas ça, jamais, juste cette fois-là, les trois pots fleuris, et c'est tout.

Je fais le tour du cimetière, je lis les noms et les dates, les deux dates, la naissance, la mort, je regarde tous ces monuments, toutes ces plaques, tous ces gens nommés. Tout ce chagrin que je ne connais pas. Tous ces gens morts et enterrés et tous les autres qui vont venir, ceux qui sont autour du cimetière, dans la ville, ceux qui s'aiment, qui sourient, et tous les autres qui souffrent, tant de mal à vivre, ceux qui se lèvent le matin avec peine, ces gens qui font quoi de leur vie, je vous le demande, qui font rien, ils attendent sans le savoir vraiment le jour de leur mort, comme un soulagement peut-être, on ne sait pas, ils sont dans la ville, ils boivent des verres dans ce quartier de Montparnasse, le Rosebud, le Select, plus loin sur le boulevard la Closerie des Lilas. Le soir un verre, le piano, et les rengaines, *My way*, et un autre verre, on vit, on n'est pas mort, on n'a pas de chagrin, on aime le premier venu, on sourit, on rit aux éclats très fort, on parle, c'est la vie, on est là, on chante *My way*. On n'est pas mort. Pas du tout. Et ça fait une différence énorme. Irréductible. C'est aussi simple que ça. Et le lendemain il faut se lever, il faut remettre ça. On dit, plus jamais boire autant, non, c'est trop dur, ça ne sert à rien. On est encore plus pauvre. Et puis, bien sûr, on ne résiste pas, on y retourne dans tous ces bars, on parle aux barmen, ces hommes en veste blanche, ils

149

comprennent tout de tout, il suffit de quelques mots et on se sent mieux.

Je me promène dans les allées de ce jardin du Mont-Parnasse. Je peux faire ça, désormais, penser ou pas à vous, ça dépend, je fais toujours le même périple, les mêmes pas. Et je marche. Et je relève la tête. Et je marche mieux, et je respire mieux, et je suis dehors et je marche. Je ne pleure pas. Non. Je suis devenu quelqu'un d'autre sans vous. Avec vous aussi bien puisque je vous écris, puisque je peux faire ça aussi.

Je quitte le périmètre fermé du cimetière. Je sors dans la ville. J'abandonne les taxis. Je peux marcher seul dans la ville, le long des quais jusqu'au Trocadéro, parfois j'entre au cimetière de Passy, je fais un tour, là aussi tout est en ordre, tout est bien rangé, les tombes délirantes, ornées, les tombes simples, les noms, les dates, naissance, mort, le grand anonymat, et toujours à lire un nom nouveau, un nom oublié qui sort de l'oubli puisque je suis là pour lire ce nom. Oui, je fais ça depuis que je suis revenu à Paris, je me promène dans les rues, les larges avenues, tôt le matin, je commence à m'éloigner du cimetière, à aller et venir autour, de plus en plus loin, à y revenir aussi, je ne peux pas faire autrement, je surveille, je garde le nom.

150

Et puis, vers le début de l'année 1999 je reviens rue Saint-Benoît. Je peux le faire, aller dans cette rue, rester dans cette chambre maintenant blanche, même les poutres je les ai fait peindre en blanc, quelle joie de ne plus avoir cette couleur sombre au-dessus de la tête. Je dors une première nuit rue Saint-Benoît, et puis une deuxième, et puis je reste là. C'est fait. Je peux rester là, dans cette chambre que vous m'avez donnée. Et je peux retourner au café de Flore. Ça fait une éternité qu'on ne vous a pas vu, disent les garçons au long tablier blanc. C'est vrai : une éternité. Trois ans. Ce n'est rien. Il fallait tout ce temps, ce temps vide, ce non-temps, ce rien-faire, ce pas-parler, surtout pas parler de vous, à personne, je ne peux pas prononcer votre nom, je ne peux pas le dire, à personne et je ne veux rien entendre, que personne ne dise rien. Il n'y a rien à dire. Comme si je voulais vous garder enfermée avec moi, encore, que ça dure, comme si j'allais vous rejoindre dans le trou tandis que je cherche un moyen pratique et pas doulou-reux pour me tuer, tandis que je ne le fais pas. Que je bois des litres et des litres de vin, que je fume trois paquets de ciga-rettes par jour, que rien, que je suis de plus en plus abruti, une sorte de légume allongé sur le lit. Je grossis de plus en plus, un corps gras, de plus en plus gros, à faire peur. Tandis que les jours passent, que rien n'arrive, que demain ce sera terminé puisque je serai mort, ça c'est absolument sûr, et puis non, vous voyez, non, puisque je suis là, today, et que je vous écris toute l'histoire, la mienne et la vôtre. Quelle histoire.

Ce n'est pas tout. Pourquoi ? Qui êtes-vous ? C'est moi qui pose la question. Qu'est-ce que je sais de vous et vous de moi ? Et c'est quoi cette histoire entre vous et moi depuis l'été 80 et avant, toutes ces lettres envoyées, des lettres par centaines, j'ai gardé vos lettres, certaines sont admirables, vous dites cela des années plus tard, vous en faites un livre, et vous appelez ce livre *Yann Andréa Steiner,* on sait tout ça, c'est public, c'est vous qui avez rendu publique cette histoire, dans le monde entier. Pourquoi ? Il n'existe que la même histoire, simple et banale, pour tous, depuis toujours, partout dans le monde, des histoires, des je t'aime, des tu me plais, quel événement, la même chose tout le temps.

Et puis quoi encore. De la vérité. Voilà. Et il faut passer par la vie, par les mensonges aussi bien, par les livres, par s'aimer, par aimer, vous, moi, quoi aimer de l'autre, je vous le demande.

Est-ce que vous m'aimez, dites-le-moi,

152

c'est moi qui vous le demande aujour-
d'hui.

Les mots sont usés. On ne peut pas dire.
On peut à peine écrire. A peine. Oui, c'est
ça, je cesse. Autour du silence, entre le
silence et le silence, des mots cependant,
je vous écris quelques mots, une lettre que
je continue de vous écrire, je ne peux pas
m'en empêcher, vous le savez. Depuis
quelques mois je peux vous écrire. J'en
suis heureux, oui, c'est ça, comme un
bonheur, je pourrais dire ainsi.

Le 8 mars 1999 j'ai fait dire une messe
pour vous en l'église Saint-Germain-des-
Prés. J'ai voulu ça. Pour moi. Et revenir
dans ce lieu, l'espace vide de cette église
où vous êtes venue une dernière fois il y a
trois ans. Enfermée dans le cercueil de
bois clair.

A quelques pas de moi votre visage
enfermé que je n'ose pas toucher. C'est
moi qui le veux ainsi. Vous n'y pouvez
rien. Ça ne peut pas faire de mal, ni à
vous, ni à personne, ni à Dieu qui sait de
quoi il retourne.

Je ne fais pas ce que bon me semble, je
ne fais pas ce qui me plaît : non, ne croyez
pas ça, je fais selon une nécessité vraie
que je ne connais pas entièrement. Sinon
pas de visite au jardin, pas de messe, pas

de fleurs, pas de lettres, rien, pas même le silence qui pense, non, rien, que vous et moi simplement face à Dieu. On va y arriver. Ne riez pas, ne dites pas que je recommence, ne dites pas que je suis un clown, non, ne dites pas ça, je le sais aussi bien que vous. Et pourtant.

Quoi? Qui seriez-vous? Vous allez le dire à la fin.

Non. Je ne peux pas vous le dire. Je ne le sais pas moi-même. Pas complètement.

On est là tous les deux à regarder le monde, tous ces visages dans le monde, à regarder encore et à dire : quoi faire. Quoi faire avec tout ça, tous ces gens. Et nous là-dedans qu'est-ce qu'on est. C'est parfois difficile. Parfois on pleure, parfois on est au bord de tout laisser et soi et vous et la vie entière. On ne comprend plus rien : ça devient invisible. Et puis non, ça recommence, ça ne cesse pas. Je vous écris. Parfois ça fonctionne, parfois on croit tout, comme un enfant pourrait le faire. Croire à l'éternité de chacun dès qu'il est regardé. Et moi je vous regarde. Je vois très clairement votre regard, je lis les livres, tous les livres avec toujours ce même nom d'auteur.

Et vous qu'est-ce que vous faites? Vous faites comme moi, vous faites ce que vous avez toujours fait : vous me regardez. Vous regardez le monde entier. Vous faites seulement ça. C'est une activité énorme, qui vous prend un temps énorme, un temps qui vous épuise, un temps qui vous tue. Ça ne pouvait pas durer ainsi, toujours. Un jour il fallait que ça cesse. Et ça cesse ce 3 mars 1996. Un dimanche.

Je suis là.

Où?

Ici. Et là-bas.

C'est impossible.

Si, je le sais. Je ne sais pas très bien vous le dire. Alors je vous écris. Vous voyez?

Oui, je vois. Nous sommes dans l'automobile noire, nous roulons sur les routes des Yvelines, nous allons, on entend le violoncelle seul de Bach, les variations, vous savez, celles qui éclatent quand le camion bleu roule lui aussi sur ces mêmes routes, ce camion qui transporte la Dame et ce chauffeur qui ne comprend pas. Elle dit : ce n'est pas la peine, que le monde aille à sa perte. Elle rit.

Comme on aime cette musique, comme on aime ce camion bleu qui roule sans savoir pourquoi. On ne sait pas où il va. Et cette Dame, cette banalité de Reine échappée de quel enfermement, on les aime vraiment.

Oui, on les aime.

Et Ernesto, cet enfant de la pluie d'été,

il n'est pas loin, il rôde, il est dans tous les livres, partout. Il récite l'Ecclésiaste à ses brothers and sisters.

Il pourrait être le frère de Balthazar.

Oui. Il est son frère. Brother. Ils ne se connaissent pas, ce n'est pas la peine, ils sont ensemble séparés dans ce monde. L'enfant aux yeux gris aussi est là dans le monde avec eux. Avec vous. Je vois : ils marchent, ils vont, ils viennent, ils y vont, ils ne se regardent pas, pas la peine, ils sont les mêmes, la même innocence, la même grâce entière, pour rien, comme ça, dans le monde, ils vont, ils se promènent, ils sont parfois reconnus, parfois vus, parfois regardés. Ils perdent pied, ils ne savent pas comment faire avec ces regards qui les regardent. Ils ont peur de leur propre innocence, peur de faire du mal, peur de faire de la peine, peur de tout. Ils voudraient être comme tout le monde, ils voudraient ne pas être séparés. Pas hors du monde. Ils veillent. Ils sont dans le monde avec nous. Pour nous.

Oui, j'entends ce que vous dites. Et je vois ceci : nous sommes dans la chambre et vous dictez *La Pluie d'été*. Le titre complet était : Les Ciels d'orage, la pluie d'été. Ce balancement de la phrase. Et puis on dit que c'est trop long, vous décidez de supprimer la première partie de la phrase. La phrase complète est dans le livre.

Vous avez passé neuf mois à l'hôpital Laennec. Neuf mois endormie, ventilée nuit et jour, vous ne pouvez pas respirer sans assistance respiratoire. Je viens tous les jours et je vois un corps étendu qui respire. C'est l'automne 1988. On change d'année et vous êtes toujours là, allongée, muette, branchée à cette machine qui vous fait respirer. Et puis un virus ou un microbe, je ne sais pas, fait que vous allez très mal, que la tension artérielle est très basse, que votre corps se refroidit, on vous met un bonnet, une couverture, on est très alarmé, je crois bien que c'est fini, on ne peut presque plus rien faire. On va voir. Attendre. On ne sait pas. Et puis on décide de vous laisser vous réveiller, on supprime les somnifères.

Vous ouvrez les yeux.

Vous me voyez.

Vous n'êtes pas étonnée. Je suis là. Vous reprenez vie, vous êtes en vie, et vous dites : on va continuer Ernesto. Dès qu'on sort de là, je vais terminer ce texte.

Il faut attendre encore plusieurs mois avant de rentrer rue Saint-Benoît. De l'hôpital on part tous les deux en voiture. C'est l'été 1989. C'est votre première sortie depuis neuf mois. On part, vous, la bouteille d'oxygène, il vous en faut encore, et moi. Vous dites : allons au Bois, un peu de fraîcheur. On y va. Tout est vert. Tout est là, vert. Les arbres. Vous pleurez. Vous dites : j'avais oublié ça, tous ces arbres, tout ce vert, comment peut-on oublier ça, comment faire sans cette merveille, ce n'est pas possible, ne plus voir ça, les arbres, la forêt.

Vous pleurez.

Je roule très doucement dans les allées du Bois, je vous regarde regarder, je vous laisse seule regarder et pleurer de tant de beauté.

Vous dites : c'est incroyable le monde.

On roule dans la voiture dans le Bois.

Vous ne voulez pas rentrer. Je dis qu'il le faut, que le dîner est servi très tôt. Vous dites : ils peuvent attendre, c'est infect ce qu'ils donnent à manger, tenez, on va acheter des sandwiches, on va aller chez Ladurée. Ce sont les meilleurs sandwiches du monde, j'y allais étudiante, quand j'avais de l'argent. Les sandwiches au foie gras, quelle merveille. Allons-y, on sera en retard, ça n'a aucune importance.

On va rue Royale. J'achète un assortiment de sandwiches et des macarons au chocolat.

On rentre à l'hôpital, les deux plateaux sont sur la table roulante, les plats recouverts d'une cloche en inox. Vous soulevez, vous regardez, vous dites : c'est impos-

158

sible. Vous sonnez, vous dites : on ne peut pas du tout manger ça. En aucun cas. Nous, on a nos sandwiches. On débarrasse. On mange. Vous dites : il n'y a rien de meilleur, et les macarons, c'est à ne pas croire.

A la fin du mois de juin, il fait chaud, le massacre de la place Tien An Men a lieu, vous pleurez en regardant les images des jeunes Chinois assassinés. On rentre rue Saint-Benoît. Il y a des kilos de lettres. Vous êtes à votre table, vous ouvrez toutes les lettres. Vous appelez Paul Otchakovsky-Laurens et vous dites le texte sera prêt très vite, oui, je vais très bien, tout va bien. Je vais écrire, enfin, je vais essayer de terminer cette histoire d'Ernesto. Et peut-être un film. J'aimerais bien.

Oui, vous écrivez dans une sorte de bonheur, un rire, une aisance formidable. Vous êtes intacte. Et les mots arrivent et je les tape et on rit beaucoup avec les brothers et les sisters, et cet enfant, seul, Ernesto qui lit l'Ecclésiaste, qui ne sait pas quoi faire pour sauver cette famille de Vitry-sur-Seine, tant d'amour, il ne sait pas comment faire, tout laisser, partir, se tuer, non, les aimer, la mère, le père, les frères et les sœurs et le livre brûlé, et l'arbre immense, seul, tellement, c'est à pleurer.

On va à Vitry, on va voir cet arbre.

Pendant un mois tous les jours on va à Vitry. On regarde l'arbre. On va au bord de la Seine. Vous sortez de l'auto : ce fleuve, on ne s'en lasse pas, tous les fleuves du monde, cette traversée du monde par l'eau.

Vous êtes accoudée sur le bord du parapet.

Vous ne dites rien. Vous regardez devant vous.

Ce fleuve. Quoi ? Au-delà du fleuve ?

On rentre rue Saint-Benoît, le texte avance. Le film va se faire, il s'appelle *Les Enfants*, et le livre quelques mois plus tard paraît aux éditions POL. Il s'appelle *La Pluie d'été*. C'est le début de l'année 1990.

C'est janvier 1996. Vous n'avez pas oublié Ernesto, le livre brûlé, le livre ouvert, comment peut-on l'oublier, c'est impossible, même si on le lit pas il reste là, on le sait par cœur.

Moi je dis : il est notre cœur.

Les mots de *C'est tout*. Le Livre à disparaître. Vous réinventez les mots de l'Ecclésiaste. Alors que tout est presque consommé. Alors que l'agonie a commencé, vous dites à moi les mots : il y a un temps pour tout. Vanité des vanités. Buée des buées. Vous dites comme si déjà vous n'étiez plus de ce monde, plus avec moi. Vous dites : qui a écrit ça, qui a écrit ces mots, et je tape, non j'écris à la main cette nouvelle version de l'Ecclésiaste. Vous ne savez pas que vous êtes en train de faire ça, à peine, et cependant vous le faites comme depuis toujours quand vous écrivez. Juste au bord de mourir, de perdre la vie comme on dit, quelle vie, vous dites ces mots de l'Ecclésiaste, revus et corrigés par vous. Par vous seule. Devant moi. C'est un moment très court. Ça dure quelques minutes. Vous êtes épuisée, exténuée. Pour la première fois j'entends ces mots jamais entendus : vous ne pouvez pas imaginer à quel point je suis fatiguée.

Tellement fatiguée qu'il n'y a plus rien à faire. Attendre ce dimanche 3 mars 1996, vers huit heures du matin.

Vous dites : vous croyez que c'est pour ce soir. Je dis non, on va terminer ce texte, vous allez encore écrire. Vous me dictez encore quelques mots, et puis c'est fini, vous dites c'est fini, Duras c'est fini. Je n'écris plus.

Quelques jours plus tard, c'est fini. Le cœur a cessé de battre. Quoi faire de ce corps mort. Ne plus le voir, l'enfermer au plus vite dans le trou du cimetière du Mont-Parnasse. Il n'y a rien à voir. C'est fini. Et puis non, ça continue, le nom demeure. Les titres des livres. Et peut-être davantage. On ne sait pas. On peut croire que vous n'êtes pas abandonnée, on peut croire que d'autres mains vous caressent, le visage par exemple, on peut croire à un temps que nous ne pouvons pas du tout imaginer, pas de temps du tout, c'est impossible à penser, pour nous les vivants, enfermés dans le temps du monde. Nous qui regrettons votre absence, nous qui certains soirs faisons le numéro de téléphone de la rue Saint-Benoît, ça sonne dans le vide, on recommence, on croit que peut-être vous allez dire où êtes-vous, venez, je vous attends, oui, certains soirs on fait des choses comme ça, on devient imbécile, on devient fou, pas de chagrin, non, pas de tristesse, non, on devient fou de ne pas comprendre vraiment. De ne pas avoir de preuve irréfutable de votre existence. Alors on fait n'importe quoi.

Je ne fais rien. J'attends. Je ne pense à rien. Pas à vous. Comment penser ce qui n'est pas pensable, ce qui justement nous rend démuni et pauvre. Et plus proche. Ensemble.

Et cependant je suis là. Je vous écris. Je fais ça, des lettres, des mots, pas de la littérature, non, ce n'est pas le cas, c'est le cas simplement d'être avec vous dans cette absence intégrale dont on ne sait rien, c'est le cas simplement d'être en vie.

N'être tenu à rien sauf à ça : penser. A vous. A tous les autres morts. Les connus et les inconnus de moi, tous ces noms que je lis dans le jardin du Mont-Parnasse, cette vie du nom. Votre nom. Les autres noms. Et les dates, la naissance, la mort.

Et penser à tous les vivants.

Nous vivants. Comment aimer et comment écrire et comment regarder et comment crier et comment écouter Schubert, réapprendre tout, nous aimer comme jamais, plus que tout au monde, plus que tout. Mais ça arrive à tout le monde, il ne faut pas croire qu'il existe des histoires exceptionnelles. La nôtre non plus.

Dites-moi, qui c'est ce Frédéric à qui vous écrivez tant de lettres.

C'est quelqu'un qui écrit. C'est quelqu'un qui ne se tue pas. Qui écrit comme un forcené. C'est quelqu'un qui sait et qui ne veut pas savoir. Il est fou. De Dieu. Il ne sait pas comment faire avec ça. Il ne sait pas comment faire avec moi. Il ne veut pas me voir. Il m'aime. Il dit : taisez-vous. Il ne sait pas comment faire. Et moi je suis là. J'attends. Vous comprenez ?

Oui. Laissez. Ne faites rien. Restez comme vous êtes. Je suis là. Séparée de vous et cependant je pense à vous, vous voyez, je ne sais pas comment dire ça, je ne sais pas comment même c'est possible, mais ça arrive. Je vous vois. Vous traînez dans les bistrots, vous recommencez la comédie, vous écrivez au premier venu, vous vous jetez au cou de tout le monde, des bouquets de fleurs dès le premier sourire. Vous êtes là à ne pas savoir quoi faire de vous. De votre corps. De votre esprit.

Frédéric qui vous aime, dites-vous, qu'est-ce que vous allez en faire? Et moi là-dedans, qu'est-ce que je deviens?

Je vous garde tous les deux. Je suis enfermé dans la chambre de la rue Dauphine, je vous garde. Et vous. Et lui. Voilà. Je ne vous sépare pas. Je veux tout le monde. Et, plus que tout au monde, cet amour-là. Pour vous, non, de vous, quoi de vous, quoi de lui, quoi aimer, qui?

Vous savez qu'il n'y a que moi. Vous y revenez toujours. Vous ne pouvez pas faire autrement.

Frédéric, ce n'est pas seulement une histoire d'amour. Non, c'est autre chose.

Alors quoi?

Alors rien.

Allez venez. Allons à Versailles, dans le jardin du Roi, dans ce parc que vous aimez tant, je veux bien y aller. Voir les pins magnifiques, ils poussent très haut dans le ciel, je les aime beaucoup ces pins d'Italie, oui, venez, oubliez, regardez avec moi ce parc, ces allées, cette géométrie simple qui repose de tout, cette perfection vaine, la promesse d'un jardin parfait, un jardin où tout serait vrai, et les arbres et les fleurs et les oiseaux et les hommes et nous dedans, vous et moi. On pourrait emmener Frédéric, si vous voulez, je voudrais bien le connaître, peut-être que c'est vrai ce que vous dites, qu'il vous aime, ce n'est pas impossible. Why not? Allez venez. On ne peut pas attendre. Et Balthazar on va le prendre avec nous. Il n'y a pas de raison de le laisser sans nous.

Au mois de mars de cette année 1999, je suis au Japon. L'Institut franco-japonais m'invite. C'est mon premier voyage au Japon, c'est mon premier voyage aussi loin, aussi long, douze heures de vol, mon premier voyage à l'étranger sans vous. Mon premier voyage pour lequel c'est moi seul qui suis invité. On projette *L'Homme Atlantique*. Je ne regarde pas le film. Je ne peux pas. Ni entendre votre voix, ni voir mon visage. Cette histoire que vous dites, de moi, du visage cerné par le noir, de moi appelé par vous, nommé par vous, photographié seul assis dans ce fauteuil dans le Hall des Roches Noires à Trouville, non je ne peux voir ce film.

Les lumières se rallument. La salle est pleine. Je suis sur la scène, devant un micro. Une première question et puis je me mets à parler. Du film, de Duras, de celle qui s'appelle ainsi, ce nom planétaire vous dites en riant, cosmique on peut dire, vous ajoutez, oui, pour la première fois depuis presque vingt ans je parle.

Je suis seul face à une salle pleine et je n'ai pas peur, je parle.

Et qu'est-ce que vous dites?

Je dis : Le film *L'Homme Atlantique* a été vu pour la première fois en 1982 à Montréal, lors d'un festival. C'est moi qui ai transporté la copie du film dans ma valise. J'étais très fier et j'avais peur qu'à la douane on confisque le film, faute d'autorisation officielle. Je vous rejoins à New York sans le film, quelle catastrophe. Non, la valise n'est pas fouillée.

Je vous retrouve à New York chez l'attaché culturel, 5e Avenue, devant Central Park. Vous dites : venez voir ce parc, regardez. On boit. On veut me donner une chambre, vous dites, mais vous croyez quoi, qu'il peut dormir sans moi, pas besoin de chambre pour lui.

Silence.

Le lendemain on prend le bus et on va jusqu'à la mer. On prend un bac, on va dans une île. Vous dites, regardez Yann, cette mer, ce fleuve, regardez. Et puis : ici, il faut manger des cheese-cakes, ici ce sont les meilleurs du monde. On mange des cheese-cakes. Matin et soir. On boit du vin blanc. On regarde les gratte-ciel. On monte à je ne sais plus quel étage, le building le plus haut de la ville. On regarde New York. Vous dites : j'ai peur, tout ça ne tient pas, tout peut s'écrouler, et nous qu'est-ce qu'on devient, venez, on va sortir. Je n'en peux plus.

On est dehors. Vous dites : cette ville magnifique, impossible.

On part pour Montréal. La salle est pleine. Noire. Vous avez demandé qu'on cache toutes les lumières, même celles des issues de secours.

Je veux le noir total, sinon, pas de film. Le noir intégral. Déjà le film commence avant qu'il ne soit commencé sur la pellicule noire. Le noir c'est une couleur.

La salle est totalement noire. Et le film commence. Vous êtes assise près de moi, vous me serrez le bras très fort, moi je ferme les yeux, je ne peux pas me voir sur l'écran. Me regarder. J'entends votre voix dans le noir de l'écran, dans le noir de la salle qui se tait, qui écoute les mots écrits, ces mots adressés, à qui, à qui de moi, à qui parlez-vous tandis que vous me parlez, tandis que vous m'écrivez. On ne sait pas.

Les lumières se rallument. La salle applaudit. Vous êtes debout. Vous saluez, vous applaudissez.

Moi j'ai honte. Je reste assis, je ne peux pas me cacher. Personne ne me voit. Il n'y a que vous, que vous, vue par ces centaines de gens, que ce nom mondial, que ce film, *L'Homme Atlantique.*

Je ne peux pas me lever. Vous montez sur la scène et vous répondez aux questions de la salle.

Je suis très fière que ce film soit vu ici, à Montréal, au Canada. Et pas à Paris en France. Ici, vous comprenez tout, vous êtes merveilleux.

Et les bravos, et les bravos, et vous souriez, et vous regardez tous ces gens, et ce bruit des mains pour vous, et il semblerait que vous soyez heureuse, je le suis moi de vous voir ainsi.

J'ai peur que vous prononciez mon nom. Vous ne faites pas ça, vous parlez du noir, de la couleur du noir, des différents noirs, de qu'est-ce que c'est une image, que l'écran noir c'est une couleur, que ça existe complètement. Que oui, un film peut aussi être un livre qu'on lit. Qu'on peut lire une voix qui dit des mots. Que ce visage photographié est l'homme Atlantique.

Et moi je suis ici, seul, à Tokyo, devant une salle pleine et je dis ça, je raconte ça, Montréal. Et je dis : je suis heureux que le film soit vu de l'autre côté de la terre, que ce film fasse le tour du monde. Je suis fier d'être ici, à Tokyo. Avec ce film. Avec cette voix du film, cette présence de la voix que vous avez entendue, oui, cette voix est avec nous ce soir, ici, à Tokyo. Et moi je suis là pour vous dire ça, que l'auteur de ce film est avec nous, je ne vois pas du tout ce qui pourrait faire qu'il en soit autrement.

Vous êtes là simplement.

Non, je ne pleure pas. Non, je retiens les pleurs. Je sais que nous sommes, together, séparés depuis longtemps et cependant ensemble. C'est la même chose pour tout le monde. On n'ose pas se le dire, on a peur de se le dire, il faut quand même le dire et l'écrire, que c'est vrai.

Je pleure si j'en ai envie. Sans aucune retenue. J'invente.

Et puis, pour quitter le film, pour quitter l'émotion de vous, je dis : un jeune étudiant japonais qui parle très bien le français m'a dit cet après-midi, dans un jardin, je ne sais pas le nom de ce jardin formidable, le mot ciel et le mot vide sont équivalents en japonais. C'est le même mot. Et c'est magnifique. Voilà. Je crois que ça lui aurait plu, à elle, celle qui écrit, celle qui aime, celle qui ne supporte pas, rien, c'est la même chose, ni le monde, ni elle-même, ni moi, rien, plus rien, ne veut plus rien. Et celle qui revient vers la page, vers les mots, ne peut rien y faire, elle y revient, toujours, allez, je vais vous dicter quelque chose, on va bien voir, oui, vous y revenez à la table, vers moi qui attends, et oui je crois que le vide est là, toujours, et qu'il faut maintenir vide ce vide, écrire autour de ce vide, ne pas le remplir, laisser ce vide ouvert. Et le ciel apparaîtrait dans ce vide.

Cette phrase qui nous enchante tellement : Ici c'est S. Thala, et après c'est encore S. Thala. Oui, il n'y a pas d'ailleurs, pas d'au-delà, seulement ici et maintenant, à Tokyo, à Montréal, partout dans le monde, à Calcutta, à Paris, à Vancouver, dans la chambre noire, toujours ce vide qu'il faut laisser vide, ce rien autour duquel on écrit des histoires d'amour, des histoires simples, des gens qui s'aiment, qui se quittent, qui n'y arrivent pas, des gens pauvres qui aiment, qui veulent à tout prix essayer ça, encore et encore. Et des mots, à parler, à écrire, à entendre, les mêmes depuis le début des temps jusqu'à la fin des temps. A se taire. A aimer. Tellement. Il n'y aurait pas de mots. Plus la peine. Et le livre à écrire serait Le Livre à disparaître, ce livre qui ne paraîtra pas puisque vous êtes morte le 3 mars 1996, comme on le sait déjà.

Il faut quand même faire des livres, passer par là. Ne pas se tenir à un silence héroïque, non, au contraire, écrire le plus simplement du monde, ne pas se soucier des mots, ne pas chercher, il n'y a rien à trouver, on le sait, on sait tout, non, allez-y, laissez-vous aller, laissez-vous faire, laissez-vous emporter, regardez comme je fais, moi, je ne m'occupe de rien, on me parle du style Duras, comment vous faites, etc. je ne fais rien, justement. J'écris. C'est tout. Il n'y a rien de sacré. Ni les mots ni vous ni moi. C'est autre chose. Atteint par inadvertance. Et parfois on y arrive malgré soi, la phrase est là, écrite, et elle ne veut rien dire, elle veut dire autre chose que l'on pressent, elle fait voir parfois très clairement quelque chose.

Les voix dans *India Song* : la lumière était si claire que...

Oui, les voix off de *India Song*. Je les aime. C'est moi qui les ai inventées. C'est moi qui les ai écrites. C'est moi qui les ai filmées. Ce bal qui n'en finit pas. Ce cri du Vice-Consul. Vous voyez, parfois c'est au détour d'une phrase simple, la lumière était si claire ou encore, je voudrais être comme vous, à votre place, arriver ici pour la première fois, aux îles, ces mots de la conversation courante, ces mots cependant écrits, eh bien oui, parfois on croit voir autre chose, on entend ce vide dont vous parlez. Peut-être. J'écris, moi, je ne fais que ça. Le reste je ne sais pas.

Et vous diriez quoi qui pourrait approcher le mot absolu.

Balthazar.

Le regard, seulement le regard qui regarde. Et cette attention pour rester avec nous, ne pas nous quitter, nous aimer.

Je vois.

Je vous regarde.

On écrit.

On écrit ce mot de Balthazar.

Un seul nom suffit. Un seul visage. Et le monde entier est regardé. Et le monde entier est écrit. Pas la peine d'aller à Tokyo, pas la peine, restez dans votre chambre. Écrivez. Ou ne faites rien.

Restez là au même endroit et le monde viendra à vous. Il est à vous. Et moi je suis là.

Je le sais. Depuis le premier jour.

Oui, c'est ça, plus encore. On va chanter le tango de Carlos d'Alessio, venez, on va danser. Faisons ça.

Nous le faisons. Nous dansons encore et encore ce tango argentin. C'est irrésistible, quand on entend cette musique, on danse, on ne peut pas faire autrement, on danserait avec le premier venu, avec vous aussi bien, moi, puisque nous sommes là, puisque nous savons qu'il reste ça, danser jusqu'à la dernière nuit, y aller, sans se soucier de rien, oublier, oubliez-moi, il faut seulement écouter cette musique, se laisser aller aux mouvements du corps, le vôtre et le mien, ces deux corps qui marchent ensemble, pas mal, vous dansez pas mal, oui que ça ne finisse pas, que la musique ne cesse pas, que je sois avec vous encore pour une dernière danse, un dernier bal.

Vous avez oublié. A un moment donné je n'ai plus vu votre visage, je n'avais plus la force de le caresser, plus la force de le toucher encore, de l'emporter avec moi, je n'avais plus de force, presque plus, je vous ai tenu la main, le bras, toute la nuit, je ne savais pas le faire, non, vous étiez comme mort allongé près de moi, près de ce corps qui allait cesser de vivre très vite, le mien, je n'ai plus que quelques heures à vivre, vivre dans ce monde avec vous, je suis sur le point de vous quitter, de vous laisser seul dans ce monde. Je ne pense à rien, je sens seulement la chaleur d'un corps près du mien, le vôtre, quel autre corps sinon, je ne vois pas qui d'autre que vous pourrait être là. Et vous vous taisez comme à votre habitude. Je reconnais ce silence entre mille silences. Je me dis c'est lui qui est là, que je ne connais pas, quel est votre nom, comment vous appelle-t-on, je ne sais plus très bien. Moi je sais que je suis

Duras. Je n'oublie pas ce nom. C'est tout ce qui reste tandis que le cœur, le mien, va cesser de battre, vers huit heures, ce dimanche 3 mars 1996. C'est vous qui me direz l'heure exacte, à moi et au monde entier. Vous annoncerez la nouvelle : Duras est morte. Duras est morte.

Ne dites rien de plus. Je vous tiens encore le bras, je sens la chaleur du bras, je serre encore fort, je ne vais pas mourir tout de suite, j'ai encore un peu de temps. Pour quoi faire, au juste, qu'est-ce que je pourrais bien dire que je n'ai pas dit, pas écrit, quoi, dites-le-moi. Non, je crois qu'il n'y a pas de dernier mot, plus de mot tout à coup, je ne trouve pas, je n'écris plus, je sais que c'est fini, que je n'écris plus, que Duras est déjà morte, qu'il reste encore ce corps à peine vivant, que le cœur bat encore, c'est mécanique, il bat, et puis ça va cesser. Et après. Après on ne sait pas. On ne peut pas penser. C'est impossible. Et si on s'était aimé totalement, intégralement, d'un amour entier, comme dans certains livres, certains héros, vous croyez qu'on en saurait davantage ? Il n'est pas trop tard, jamais, il est encore temps. Oui, on peut essayer, on va finir ce livre commencé, ce livre appelé provisoirement Le Livre à disparaître, ce livre inachevé. Je suis bonne à mourir, laissez-moi. Je veux être seule. Ça suffit comme ça, les mots, les histoires, j'ai fait ça toute ma vie, une vie entière avec ça, et des livres et quels livres, des livres absolus, des lecteurs par millions, dans le monde, partout, dans toutes les langues, oui je n'oublie pas, je vais mourir, je n'oublie pas les jeunes lecteurs qui vont lire les livres, ces mots qui m'enchantent, ces mots qui vous enchantent, vos lettres par centaines, ce temps d'avant l'été 80, comment est-ce possible, comment imaginer le temps sans vous, sans moi, on ne peut pas, on ne peut pas penser ça, peut-on oublier un visage, ce que j'ai vu de votre visage, est-ce que ça peut arriver. Dites-moi quelque chose.

Non. Je ne peux pas oublier votre visage. Ce regard qui regarde quelque chose qu'on ne voit pas. Qui ne se voit pas. Qui parfois peut être écrit. Des mots écrits et on voit quelque chose comme de la vérité. Et alors oui, on peut lire encore et encore tous ces titres et tous les mots contenus dans ces titres, dans ce nom de Duras, ce nom qui ne disparaît pas. Ce nom aimé, offert à qui veut bien de lui, ce nom qui n'appartient à personne, ce nom de plume, ces cinq lettres imprimées sur tous ces livres et sur la pierre blanche du cimetière du Mont-Parnasse, boulevard Edgar-Quinet, à Paris.

Il n'y aurait pas un temps radicalement différent, ici et là-bas?

Je ne sais pas. Vraiment. Laissez-moi, allez dans votre chambre. Je veux mourir seule, comme tout le monde, c'est comme ça, vous n'y pouvez rien, plus rien faire, moi non plus, alors partez. C'est inutile désormais de rester là, allez dormir une heure et quand vous vous réveillerez, ce sera fait, cet événement banal qui se produit à chaque seconde dans le monde entier, une personne est en train de mourir et ne le sait pas, un livre est en train de se faire et on le sait plus tard, l'amour se fait et sait-on s'il s'agit d'un amour, d'un amour comme on n'aurait jamais vu, nouveau, ils se seraient aimés plus que tout au monde, vous vous rappelez, et *jamais, jamais je ne vous oublierai,* vous vous rappelez cette chanson très ancienne, *A la claire fontaine,* on la chante souvent tous les deux dans l'auto, sur toutes les routes de France, vous êtes là avec moi, on chante à deux voix, on chante que jamais jamais on ne s'oublie.

C'est bien ainsi.

Tout va bien, pas de larmes, rien, no sorrow, puisque ce n'est rien. On ne sait rien. Tout va bien se passer. On chantera encore *A la claire fontaine,* pas dans l'auto, non on peut trouver un autre endroit, on va le trouver, vous allez voir. On est capable de tout. Capable de tout inventer.

Je vais dormir dans ma chambre. Je vous laisse dans la vôtre. Les lumières restent allumées. Et puis très vite il est huit heures ce dimanche 3 mars 1996.

Je vais quitter ce monde où je suis sans vous. Quand? Est-ce que vous le savez, est-ce que l'on sait que je vais mourir un jour prochain? Oui, on le sait. Et depuis longtemps. Et cependant on ne peut pas le penser vraiment, comme si la vie seule était pensable. La mort est une chose étrangère. Comme si elle n'existait pas. Alors que.

Voici ce qui se passe.

Voici ce que je vois dans les derniers mois de votre vie : vous êtes de plus en plus fatiguée, une fatigue de plus en plus immense, une fatigue et physique et mentale, une fatigue qui envahit le tout de votre personne jusqu'à vous submerger entièrement, jusqu'à vous faire disparaître. C'est elle, cette fatigue qui devient l'élément premier contre lequel vous luttez, contre lequel vous pouvez de moins en moins lutter. Et très vite c'est le triomphe de l'effacement : la vie ici, maintenant, avec moi, s'efface peu à peu. C'est un emportement lent, irrépressible. Je n'y peux rien. Vous n'y pouvez rien. C'est comme ça. Quelque chose va cesser.

Au fond vous n'êtes pas malade, non. Vous mourez d'épuisement, vous mourez morte d'avoir trop regardé le monde. Le visage de Balthazar. Morte d'avoir trop bu, whisky, vin rouge, vin blanc, toutes les sortes d'alcools, morte d'avoir trop fumé, trop de paquets de Gitanes sans filtre, morte d'avoir trop aimé, les amants, toutes sortes d'amants, trop de tentatives d'amour, de l'amour entier, mortel justement, morte de trop de colères contre les injustices du monde, la pauvreté intolérable, les lépreux de Calcutta et la richesse toujours plus riche des riches. Vous êtes restée dans l'état de communisme jusqu'au bout de votre vie. Cette illusion nécessaire, croire qu'enfin, un jour, demain, today, les hommes entre eux se traiteront comme il convient, comme de vraies personnes. Comme des frères qui s'aiment. Un jour on est débarrassé de l'argent, du piétinement de l'un par l'autre, de la loi du plus fort, un jour oui ce sera fini, plus de mépris. Vous ne pouvez pas vous résoudre à laisser ainsi le monde, ce monde raté depuis le début comme vous dites.

182

Morte, je vous dis, d'avoir trop mangé, fait attention à rien, pas savoir vivre, la sauvagerie toujours, inventer quelque chose à chaque instant, refuser ce qui se fait, et dans la vie et dans les livres. Morte d'avoir trop écrit. Trop de livres. Le livre, chaque fois il vous laisse comme morte, anéantie, et votre main et votre esprit. Et cependant vous recommencez un autre livre, une autre histoire, la même histoire. Je crois que sans écrire vous seriez devenue une criminelle. Vous auriez tiré sur tous les lépreux du monde. Vous auriez assassiné le mal du monde. Vous seriez devenue folle pour de bon.

Et vous seriez partie sur les routes de France comme la mendiante, cette femme de tous les livres qui marche du côté de la Chaîne des Éléphants, cette femme qui ne sait plus parler, celle qui déambule, celle qui demande une direction pour se perdre, oui, vous auriez fait ça, vous seriez devenue la Dame du camion, échappée de l'asile de Gouchy, celle qui veut voir la mer, atteindre le bord de la Terre, aller se jeter dans tous les océans, quitter le monde, voyager encore longtemps avant d'arriver à la bonne destination.

Je vous vois dans toutes les capitales du monde, dans tous les bars d'hôtels, dans la nuit, vous ne pouvez pas aller dormir.

Encore un dernier verre, vous parlez aux barmen, ces hommes en blanc qui sont là pour vous, pour écouter, pour servir, pour prendre soin de vous, de nous. Vous êtes devenue la passagère dans le monde. Il y a des escales. Et puis vous repartez dans le long paquebot blanc.

On se serait peut-être croisé au hasard d'un bar dans un palace d'Athènes ou de Kingston. Moi aussi j'aime beaucoup rester des heures à ne rien faire, à boire pour rien, à me taire, à regarder. Parler au premier venu qui s'assoit près de moi.

Vous êtes là. Vous êtes assise dans un large fauteuil près de moi. L'histoire commence. Elle aurait commencé. Un nouvel été sans date sans lieu, pourquoi pas, un été dans le temps et cependant hors du temps, un temps à faire, à s'inventer l'un et l'autre. On pourrait se nommer autrement, choisir d'autres noms de plume, jouer encore à la vie, ce phénomène, tout refaire sans savoir que ça a déjà été fait. Cette inlassable répétition de la même phrase, du même sourire, du même amour nouveau qu'on aurait appelé éternel.

On aurait bu jusqu'au matin du whisky dans ce bar à Athènes, dans cet hôtel de Grande-Bretagne. On ne peut pas se quitter. On ne peut pas laisser l'histoire qui recommence, vous vous rappelez, on riait aussi beaucoup. On se voit en train d'écrire le livre de ce qu'on vit là, tous les deux.

Oui, je crois que vous êtes morte ainsi : trop. Trop de tout. Une jeune femme vous dit : madame, vous exagérez. Vous demandez en quoi. Elle dit : en général. C'est vrai, Duras c'est quelqu'un qui exagère. Cet excès, ce débordement de soi, depuis l'enfance, là-bas au bord des pistes, toutes les vies, chaque jour de la vie, ce travail incessant, voir, essayer de voir un visage, le vôtre, le mien, le visage de Balthazar et de tous les autres et les arbres dans la forêt et entendre la musique jusqu'à la folie, Bach jusqu'à ne plus pouvoir.

On croit comprendre. On comprend et puis on passe à autre chose. On ne peut pas rester dans cet état de comprendre absolument, aimer, voir la lumière du monde. On finit par ne plus rien voir. On tombe dans le trou. On devient méchant avec soi, avec celui qui est là, on ne veut pas être sauvé, on veut plus rien, même pas sauver quelqu'un, pas même mourir. Ce serait trop faire. Trop dire.

J'oublie la peine à moi faite. Je suis là. La page va être écrite. Il me fallait toutes ces années de silence près de vous à attendre les mots, cette passion de l'intelligence, cette radicalité du silence, cette absence de tout jugement, cet émerveillement devant la page écrite, le livre qui se fait devant moi.

Et aujourd'hui, seul, j'écris. Je le fais, vous voyez. Sans vous. Et c'est aussi à vous que j'écris, c'est en passant par vous. Je suis ici dans ce monde et je vous entends très bien. Ce nom de Duras, ce nom dont je ne peux pas me défaire. Ces lectures sans cesse recommencées, cet arrachement du silence vers le silence. Ce truc jamais loin, vous vous rappelez. On croit être très proche de lui, et puis on s'éloigne, c'est intenable. On dit : on va s'aimer et on s'aime puisque c'est moi qui continue l'histoire. L'histoire continue de se faire, d'être écrite et lue.

Ça ne cesse pas.

Cette femme assise sous le ventilateur de cauchemar enfermée dans la Résidence de l'Ambassade de France à Calcutta, vous la voyez comme moi, regardez, elle attend, elle ne va pas se tuer, non, elle va continuer à vivre ainsi, morte et vivante à la fois, ce n'est pas la peine qu'elle se tue.

Le peignoir blanc sur la plage, non.

Que dit-on dans le livre, qu'elle se tue quand même ? Oui. On retrouve le peignoir au bord de la mer.

Cette lenteur, ces voix qui appellent

dans la nuit noire de Calcutta. Et puis ensuite il y a *Son nom de Venise dans Calcutta désert*. Anna-Maria Guardi. Un espoir de la musique. On ne peut pas la laisser, cette femme, elle est encore avec nous après la mort, je ne la quitte pas. J'entends sa voix dire cette chose simple : je vous remercie pour les colis de livres, vous me les faites porter très vite...

Oui, ces mots. Encore une fois.

Tant d'amour.

L'amour. Écrit dans les livres. Écrit dans les films. Écrit dans les théâtres. Dès qu'un mot est dit d'une certaine façon l'amour existe. Il est écrit. On croit ça. Que Dieu même ne serait pas étranger à cette façon de dire entre Anne-Marie Stretter, l'Ambassadrice de France et le Vice-Consul en disgrâce à Calcutta : je voulais connaître l'odeur de vos cheveux. Seulement ça.

Entre vous et moi, aujourd'hui dans cette ville recouverte de soleil où je marche le long des quais de ce fleuve, la Seine, c'est comme si on écrivait un livre nouveau.

Ces allées et venues que je fais chaque matin, vers l'Ouest, vers l'Atlantique. Oui, j'y vais d'un bon pas. Sans vous. Je n'ai pas oublié ce dimanche 3 mars 1996, ce moment où le cœur cesse de battre, ce moment où votre corps est mort, ce moment d'après quand il faut aller très vite pour s'en débarrasser, pour l'enfermer dans la boîte faite à votre taille. La fermer, et puis l'enfouir dans le trou du jardin du Mont-Parnasse. Ça s'est fait très vite, en quelques heures, il fallait à tout prix se défaire du poids de votre corps mort.

Bravo Yann, très efficace, je vous entends dire.

C'est vrai, je marche seul le long de la Seine. Nobody en effet. Et alors ? Rien. Plus de corps.

Écoutez-moi. Je dis ceci : je suis sorti de la chambre noire, je vais, je regarde tout ce qui se présente à moi, le ciel, les arbres, le Louvre, les fontaines de la Concorde, les enfants, le visage des hommes, le visage des femmes, oui, j'essaye de comprendre quelque chose. Et je suis sûr que Balthazar n'est pas seul. Lui seul existe pour moi et cependant d'autres sont là, à la portée de ma main. Comme s'ils attendaient.

Et vous, qu'est-ce que vous faites pendant tout ce temps, ces journées, ces nuits ?

Ça m'arrive parfois, il me semble que vous regardez avec moi ce fameux Balthazar. Et d'autres encore. Un à un, séparément et ensemble.

Ernesto aussi ?

Oui. Ernesto. Le magnifique. Celui qui aime tellement. On ne peut pas imaginer ça. Vous avez essayé d'écrire quelque chose de lui, de le voir, lui, et je crois bien qu'il nous échappe encore, je crois bien que nous n'avons pas pu l'enfermer dans la chambre noire.

A la claire fontaine... Vous préférez *Blue Moon.* Alors on chante *Blue Moon* tous les deux tandis que je marche dans la ville, tandis que je vais, oui, je me regarde aller, je sors du Hall des Roches Noires, je suis dehors, seul, je marche.

On en finirait jamais avec cette rengaine, jamais ça ne cesse, comme une dernière cigarette avant de mourir, comme une dernière caresse de votre visage, comme si ce mot de l'éternité commençait là, dans ce geste, dans cette chanson chantée par vous et par moi. Comme si les mots avaient ce pouvoir : y croire, absolument. Comme si tout avait un sens, on ne sait pas bien lequel, et *Blue Moon* toujours, usé jusqu'à la corde, chanté dans le monde entier.

Je sais aussi que certains soirs quand je marche autour du jardin du Luxembourg, il fait nuit. L'odeur de la terre à travers les grilles fermées. Une odeur de la terre fraîche dans la ville. Je marche et je vois que je suis seul. J'entends que vous ne chantez pas avec moi. Brutalement je ne chante plus.

Je suis abandonné.

Que la nuit devant les grilles.

Je peux ainsi pleurer dans le noir de ce jardin clos. On peut pleurer, il n'y a personne à cette heure de la nuit, il n'y a pas à se gêner, on peut pleurer vraiment. Pour quoi, pour qui ? Pourquoi exactement ?

Avez-vous jamais existé ? Avez-vous tout inventé ? Tout écrit, inventé le nom que je porte, moi, Yann Andréa Steiner ?

Je pleure et je laisse faire les larmes. Je voudrais que ça ne finisse pas. Je tourne autour des grilles du jardin fermé et je ne fais que pleurer et entendre chanter *Blue Moon*.

J'arrive vers les lumières de Saint-Germain-des-Prés. Je cesse de pleurer. Personne ne pourrait comprendre. Pas même vous.

J'entre au Café de Flore. Je bois un Pimm's champagne. Ça va mieux. Je regarde autour de moi les gens, les garçons aux longs tabliers blancs, leurs mouvements répétés dans les miroirs, je suis bien là, assis sur la banquette rouge, à cette table, devant ce verre. Je parle avec une jeune femme brune qui porte aux doigts une bague de pierres précieuses.

Et je ris, je ne sais plus pour quelle raison, d'un rire énorme, et je bois un deuxième verre. Tout va bien. Je deviens le prince dans la ville. Je marche encore, un dernier tour avant d'aller dormir. Je me couche dans cette chambre blanche, dans ce lit que vous ne connaissez pas. C'est sans importance désormais, je peux enfin dormir.

Et demain encore, encore cette lumière du soleil, chaque jour ainsi, depuis le début, depuis toujours. La vie quoi. Et vous et moi nous sommes dedans. Nous chantons *Blue Moon* together. Et tout recommence. L'histoire.

J'ai recommencé à écrire des lettres, des tas de lettres, je ne peux pas m'en empêcher. Personne ne sait quoi en faire, comment lire, comment écrire, comment imaginer répondre. Ça ne fait rien, j'insiste, je multiplie les mots, presque toujours les mêmes mots, à tout le monde.

Et je reviens vers vous. Je sais que je finis par vous écrire. Seulement à vous. A ce nom de Duras déposé sur la pierre claire du jardin du Mont-Parnasse. Je ne peux pas longtemps m'éloigner de ce périmètre. Je sais en devoir passer aussi par d'autres histoires, d'autres livres, d'autres rires. Vous mêler à tout. Ne vous inquiétez pas, je vais bien. On s'habitue. On ne sait pas très bien à quoi. C'est très vague.

On ne sait pas ce qu'il faut faire, mais ce n'est pas mal, je ne vais pas mal.

Parfois il me manque ça : danser avec vous. On danse très bien tous les deux, n'importe quelle danse, on sait danser, on sait bouger vous et moi.

Parfois, il me vient cette folle envie de danser avec vous, c'est bête, je sais que ce n'est pas possible et contre toute attente cependant je danse avec vous. On n'est jamais fatigué. Le mouvement de votre corps et le mien se fait et se défait sans que l'on sache comment. On glisse sur le parquet de la salle de bal. Quelqu'un dit : surtout n'arrêtez pas la musique, non, il faut les laisser danser. Quelqu'un dit : regardez cet emportement, comme s'ils avaient dansé toute leur vie, comme s'ils arrivaient pour la première fois ici sur cette piste, dans ce lieu du bal.

Oui, on dit ça autour de nous. On n'entend pas. On danse. On ne se regarde pas. Seulement le mouvement presque immobile, irrésolu.

On pourrait certains soirs, quand je ne vous écris pas, quand je ne pense pas à vous, quand je suis avec d'autres gens, d'autres que vous, oui, on pourrait danser, ne rien faire d'autre, ne pas penser.

Rien. Danser. Oublier Dieu qui nous regarde tandis que nous dansons dans cette salle de bal. Oublier l'histoire.

Où est-on ?

Là où vous êtes. Là où vous voulez. Là où vous inventez le mot.

Je ne vous laisse pas. Jamais. Alors quel serait le nom du lieu où l'on danse des nuits entières vous et moi.

Dites le mot, je vous en prie.

Non. Je ne le dis pas. On le sait tous les deux. C'est un mot difficile à écrire. C'est un mot simple, difficile à entendre. C'est un mot qu'il ne faut pas dire.

Venez.

Oublions ce mot. Dansons. Il reste ça. Comme si dans ce lieu du bal on y arrivait depuis toujours. Comme si on y était depuis toujours. Comme s'il était dit, ce mot, et par vous et par moi, on pourrait le croire. Comme si le mot était là dans le lieu ouvert du bal. Une valse à trois temps, un sur-place à peine mobile, un mouvement à peine visible, et pourtant on danse encore une fois, on fredonne la chanson, on connaît par cœur toute la chanson, tous ces noms, oui, on les connaît, on les oublie, on les laisse, on les remplace par d'autres noms, on ne peut pas s'empêcher de chanter, de danser, ça ne finit pas.

Je ne pense à rien. Pourquoi se tuer? Pourquoi je veux me tuer? Ce n'est pas la peine, puisque de toute façon, la mort elle vient, elle arrive un certain jour. C'est ce qu'il y a de plus ordinaire, alors pourquoi vouloir en faire une chose extraordinaire. Pourquoi se traiter en héros? Pourquoi ajouter du malheur au malheur général?

Je vis. Regardez, regardez-moi, je vous parle, cette envie de me tuer est en train de passer. Je regarde autour de moi. J'oublie. Je ne pense pas à vous. Ce n'est pas la peine. J'écris. Quand le livre *M.D.* a été fait, je ne voulais plus le voir, la honte d'avoir écrit ça, je voulais tout casser. C'est vous qui avez envoyé le manuscrit à Jérôme Lindon. Vous dites: pourquoi ne pas se soumettre au regard des autres, à la lecture des autres, aux malentendus, aux erreurs, il ne faut pas avoir peur ça n'a aucune importance.

Duras est là. On n'y peut rien. Et, peut-être, un jour, tout le monde pourra lire vraiment, sans prévention d'aucune sorte, oublier le nom de l'auteur, et commencer à lire comme un enfant le fait, entrer dans l'histoire, faire l'écriture et la lecture en même temps.

Maintenant vous écrivez, c'est bien. Pas n'importe quoi, c'est impossible, mais écrivez en ne doutant de rien tandis que vous le faites, sinon on n'avance pas, sinon le ce n'est pas la peine vient très vite, et très vite on a envie de tout détruire, et la tentation de se tuer est là. Oui, je sais. Non, essayez encore, n'ayez pas peur de vous-même, on ne sait pas ce qui va s'écrire. Moi, j'écris comme ça. Je ne comprends pas ce que j'écris, c'est après, quand je lis la page écrite que je vois quelque chose. Je dis : qui a écrit ça ? Qui c'est Duras qui écrit ça. Le *Navire Night*, comment j'ai fait ça. Et *Emily L*, cette femme en lambeaux, la sublime de Quillebeuf-sur-Seine, comme on l'aime, elle et le Captain. Quand elle apparaît dans le bar de l'hôtel de la Marine, sur la page, dans la chambre noire des Roches Noires, oui, on est dans la joie de la voir venir vers nous. Ce Captain qui ne comprend pas. Ils s'aiment. Ils ne savent pas comment faire. Comment vivre cet amour. Et les amants du *Night*, non plus.

196

Ils sont dans la souffrance de ne pas savoir et cependant ils aiment. Qui? Quoi? Ils ne savent pas. Et je ne le sais pas encore.

On ne serait jamais à la mesure de son propre amour. Comme si l'amour ne nous appartenait pas. Comme s'il devait en passer par nous, par eux, les gens du livre, les gens que je regarde avec vous tandis que j'écris. Oui, l'amour doit en passer par ces histoires que je dis à vous, par notre histoire aussi bien, cet amour-là, de vous et de moi, cet amour-là qui vous rend malade, qui vous fait vouloir me quitter, partir de moi, comme si c'était possible. Quand on lit l'histoire on aperçoit cette tentative de ça : aimer. Comment faire, comment écrire, comment trouver le mot juste, juste le mot qui ferait taire tous les autres mots. Toute histoire. Tout amour aussi bien. Oui. Tout serait accompli.

Je suis ici, à Paris, c'est presque l'été, c'est le mois de mai 1999 et je vous écris. C'est moi qui le fais. Je ne suis pas mort. Je suis sorti de la chambre de la rue Saint-Benoît. J'ai débarrassé toutes les bouteilles, tous les journaux, toute la saleté, même le lit, j'ai tout mis dehors. La peinture a été refaite. Tout est blanc, les poutres aussi sont peintes en blanc. C'est propre. Je peux sortir de la chambre et aller voir la tombe au cimetière du Mont-

Parnasse. J'ai pu le faire, vous voyez, lire votre nom gravé dans la pierre blanche, millénaire depuis trois ans, votre nom d'auteur et deux dates : 1914-1996. Et sur le devant de la pierre deux lettres écrites dans la pierre : M D.

Personne ne me demande d'être mort. Pas vous non plus. Je reprends mes promenades dans la ville, les virées dans les bars de nuit, cette passion pour les bars et les barmen en veste blanche, et tous les garçons et les filles de mon âge, de tous les âges. Aimer quelqu'un. Le premier venu, sans préférence aucune, celui qui se trouve là. Celui qui ne sait pas encore être aimé par moi.

Je ne sais pas que vous allez m'aimer à ce point. Et moi, je vous aime, je ne sais pas comment, davantage, en écrivant ce livre, en appelant votre nom, à chaque instant inventer une histoire, une histoire de tous les jours, et peut-être, qui sait, une histoire de l'amour. Une histoire pour les autres aussi, à lire dans le monde entier. Il n'y a pas de secret. Toutes les histoires se ressemblent.

J'ai repris mon activité principale : rien faire. Écrire à tout le monde. J'insiste. Des centaines de billets et jamais une réponse.

Je vais le long des quais de la Seine jusqu'à Versailles, jusqu'au jardin du Roi, dans les allées je vais, et je vois la pierre rose des colonnes du Grand Trianon. Oui, je fais toutes ces clowneries. On y va, on a peur de rien. On a dix-huit ans. On a toute la vie devant soi comme on dit. On va écrire des livres, des livres absolus, nous, dans toutes les langues, on va encore tout inventer, et vous et moi. On pourra lire la nouvelle histoire dans un livre.

Je ne peux pas faire autre chose. A Frédéric j'écris presque les mêmes mots. Pas tout à fait. Comment faire autrement ? On n'invente rien. Les mots sont là. Il suffit de les écrire dans un certain ordre, de les faire apparaître au moment juste dans la phrase, de ne pas s'occuper de l'ordre justement, tout laisser venir à soi. Après on aperçoit la nécessité de laisser ce mot, seulement lui, et pas un autre.

Son Nom de Venise dans Calcutta désert.

Oui, cette phrase, je l'aime tellement. Je peux la répéter encore et encore. Je voudrais être là toujours à l'écrire, dans l'ignorance que je vais l'écrire, la découvrir en même temps que vous. Voir la phrase écrite tout à coup sur la page. Voilà, elle est écrite. Rien ne peut faire qu'elle n'existe pas : Son Nom de Venise dans Calcutta désert.

Et moi je dis : Son Nom de Duras. Ça s'arrête là. C'est ça. Son nom à elle et plus rien. On lit le nom. On le répète jusqu'au moment où il ne veut plus rien dire, jusqu'au moment où il devient une pure sonorité : son Nom de Duras. Un son. Tellement soi et cependant comme à l'extérieur de soi. Une chanson très ancienne comme : *Mon ami Pierrot prête-moi ta plume...*

Ouvre-moi ta porte...

Je continue d'écrire votre nom, ce nom, je vous le dis et je vous prie de bien vouloir me croire : *jamais, jamais je ne vous oublierai.*

Votre nom laissé. Abandonné. Votre nom par cœur. Dans tous les cœurs. Ces cinq lettres qui contiennent à elles seules des milliers de mots.

Je vais écrire tous les noms du calendrier, je vais mêler votre nom à tous les autres noms. Oui, on va faire ça tous ensemble. On va réciter tous les noms par cœur, trouver un air de quatre notes qui envahit le monde, la hauteur du ciel. Dans le défilé des noms, on entend ce mot de Duras, on reconnaît le mot, la sonorité. Puis il disparaît et il revient, on le saisit au vol. Il est avec nous quelques secondes.

Ce Nom de Duras qui serait toujours ici, avec nous.

C'est aujourd'hui le 25 mai 1999, il est neuf heures et Paris est dans le soleil. Les rues sont encore calmes et fraîches, les arbres sont verts. On arrose les trottoirs. La terrasse du café de Flore est ouverte. Tout va bien.

J'aime beaucoup ce temps du matin quand tout semble encore intact, quand on marche pour la première fois dans le boulevard Saint-Germain. A nous ce boulevard, allons jusqu'au bout. Et c'est toujours une joie de voir la Seine et Notre-Dame posée dans l'île. L'Ile de France. On entend : l'Ile de la France.

Ce temps du matin tout serait possible, vous ici avec moi dans le soleil du boulevard Saint-Germain. On vient de se rencontrer, tout pourrait commencer. Pourquoi pas?

Il se passe ceci et je dois vous le dire : depuis le dimanche 3 mars 1996, je n'ai pas parlé. Je suis resté dans le silence. Pas seulement depuis ce dimanche, non, depuis l'été 80 je n'ai pas parlé. Comme s'il fallait se taire pour vous laisser toute la place de la parole, la place du livre à faire.

Être là, seulement. Jusqu'au dernier mot du 29 février 1996. Comme si les mots écrits par vous réclamaient le silence. Et je crois aujourd'hui qu'il fallait cet enfermement dans toutes les chambres noires de l'écriture, à Paris, à Trouville, à Neauphle-le-Château pour que quelque chose existe vraiment, pas seulement cette histoire entre vous et moi, cet amour-là, non, pas seulement ça, mais aussi autre chose qui serait de la vérité du livre qui s'écrit. Il fallait ne pas se distraire de ça, cette occupation majeure de votre vie : écrire. Peu importe le sort de la personne, ce temps qu'il faut passer, tous les jours, toutes ces heures à occuper. Tout ce temps à aimer, à s'y essayer, ne pas pouvoir, ne pas vouloir, ce découragement, cette envie de partir, de tout quitter, de disparaître et cependant pas. Il faut rester, accepter cette nécessité. Comme de l'amour qui se produirait par nous et déjà hors de nous.

Pendant toutes ces années je n'ai pas compris grand-chose, j'étais comme abruti, annulé, et il le fallait. Vous m'y avez aidé en me laissant seul à ne pas comprendre, jamais un mot de consolation, jamais un mot d'encouragement, jamais un mot aimable. Comme si l'amour devait se protéger de lui-même, se détruire pour avoir lieu.

Que les livres à faire. Il fallait cette humilité de tous les instants. Vous dites : Yann, il ne faut pas se croire. Vous dites ce mot d'enfant, entendu dans les cours de récréation, non, il ne faut pas se croire, nous sommes rien, de pauvres gens, démunis, on ne comprend pas, on essaye de comprendre, on écrit et parfois on voit quelque chose et il faut continuer.

J'ai peur de moins vous aimer en écrivant. Comme si les mots allaient prendre acte de votre disparition, comme si le deuil était consommé. Comme s'il ne fallait pas écrire.

Vous êtes absente et définitivement absente, je le sais, je lis votre nom sur la pierre tombale. Et pourtant.

Je vais essayer de dire ceci : je sais que vous êtes morte et je sais aussi que ce n'est rien. Franchi ce temps du désarroi, votre corps disparu, ce n'est rien. Je peux vous écrire comme avant, comme si rien ne s'était passé ce dimanche 3 mars 1996. Et rien ne s'est passé. Que le corps enseveli.

Et puis moi qui suis là à vous écrire. Je

suis seul dans la ville, le matin, le soir, la nuit. Le soir tard dans la nuit, parfois, je regrette d'être ainsi, ne pas aller dans l'automobile noire le long de la Seine, je regrette de ne pas entendre mon nom appelé par vous, Yann où êtes-vous, Yann, il faut aller faire des courses au marché de Buci, Yann je n'en peux plus de vous, restez, ne partez pas, ne soyez pas triste quand je serai morte. Je n'y crois pas un seul instant à toutes les histoires de l'éternité. Il n'y a plus rien, on devient comme une pierre.

Oui, parfois, à certaines heures du jour et de la nuit, j'ai ce regret. Comme une tristesse qui passe. Comme un chagrin qui revient à certaines heures. C'est imprévisible.

Et puis je vous écris.

Voilà.

A vous.

A d'autres aussi. J'ose le faire. Je m'y autorise. Je le fais sans votre permission. Je ne suis pas séparé ni de vous ni de Frédéric ni de Balthazar. Non. Tout ça, ce sont des histoires qu'on nous raconte. Comme s'il était suffisant d'être à Montparnasse ou dans le Tarn ou dans le Val-d'Oise ou à Tokyo pour que je sois séparé de vous, de l'un et de l'autre. Je suis là parmi vous et je vous dis : ce n'est pas tout.

Il n'y a pas de dernier mot. On peut en ajouter un autre, continuer à faire des phrases, des livres, des histoires. Il suffit de s'y mettre, à la table, rien penser.

J'essaye de vous aimer davantage. Encore. Ce n'est jamais assez. Et tous ces livres écrits par vous, ce Nom de Duras, qu'est-ce que c'est? Des histoires d'amour. L'histoire de quelqu'un qui dit: aimer.

L'amour. Je vous le laisse faire. Je suis débarrassée de ça maintenant. Aussi de cette promesse d'écrire enfin le bon livre, le livre vrai qui fait qu'on écrit toute une vie. Je vous aime dans cette tentative de commencer encore un autre livre. Ainsi nous ne sommes pas séparés. Together, c'est ça votre mot, non? Ensemble.

Oui. And without you. Avec et sans vous.

Exactly.

C'est quelques jours avant le dimanche 3 mars 1996. On est rue Saint-Benoît. Vous dites : je n'ai plus rien. Je deviens de plus en plus pauvre.

Vous êtes devenue vraiment pauvre au bord de mourir. Démunie, ne sachant pas comment faire avec ce qui arrive, la mort, et après comment faire, comment même penser cet événement qui va se produire. Vous ne comprenez pas comment ça sera. Comme tout le monde au bord de mourir. Sauf que dans votre cas, vous le dites, vous tentez l'impossible, vous savez que vous êtes pauvre d'une pauvreté de tous les hommes, oubliée parfois pendant la vie, les succès, la gloire mondiale, tous ces lecteurs, moi, tout l'amour, tous les millions en banque. Et puis on redevient pauvre. Là-bas, près du Mékong.

Vous dites : Peut-être que mère m'a aimée après tout.

Oui, je le crois, elle vous aime. Elle ne pouvait pas le dire. Elle ne sait pas comment faire avec vous. C'est à vous de l'aider. C'est à vous de lui montrer comment vous aimer, comment aller vers vous. Vous êtes dans une violence de l'intelligence telle que votre mère a peur. Elle préfère aimer l'autre, le frère, c'est plus facile, on est en terrain connu. La mère dit : Qui est-elle, qu'est-ce que cette enfant ? Tellement différente de ses frères, de moi. Tellement seule, déjà. A vouloir écrire. Quelle idée. Non, moi je préfère que tu fasses des mathématiques, du commerce, je suis sûre que tu es douée pour ça, les affaires, l'argent.

Vous êtes douée pour tout, tout pour réussir comme on dit. Tous les hommes à vos pieds quand vous voulez, où ils veulent. Sans aucune peur vous êtes. En aucun cas vous ne cédez, et les hommes aiment ça et les hommes ont peur. Ils ne veulent pas ce genre-là, de femme, cette intelligence-là qui voit la faiblesse des hommes, leur insurmontable détresse.

On ne supporte pas quelqu'un qui voit à ce point. On vous laisse. On trouve d'autres femmes, des beautés, des toilettes, des parfums, des conversations parfaitement nulles, ça ne fait rien, on préfère. On vous laisse.

Pas moi.

Je tiens le coup. J'insiste. Je reste. Vous dites : pourquoi, pourquoi vous êtes là avec moi, qui êtes-vous ?

Vous pouvez tout faire et cependant vous ne faites qu'une chose, vous n'obéissez qu'à ça, comme une injonction venue du haut des cieux. Écrire. Pour le reste, vous le faites très bien, la vie, mieux qu'une autre, des histoires à dormir debout, des chagrins, un enfant, oui il le faut, c'est important un enfant, vous faites tout ce qu'il faut faire, vous tenez tête. Et cependant toujours à vous demander : qui êtes-vous ? Et vous écrivez. Pour essayer de comprendre quelque chose de soi, des autres, du monde.

Pourquoi tout ça. Pourquoi moi, pourquoi vous, pourquoi mourir dans quelques jours. Dites-moi un mot.

Et ainsi depuis cette chambre de la rue Saint Benoît à Paris, en ce début de l'année 1996, vous êtes encore davantage contemporaine des hommes des grottes, ceux qui laissent l'empreinte de leurs mains sur les parois de pierre, ces hommes et ces femmes d'autrefois sont là avec nous dans la chambre. Avec le même visage qui cherche. Pas une réponse, non, une nouvelle question.

Eux, les hommes anciens, ils n'écrivent pas. Ils ouvrent les mains et ils regardent vers le ciel, cette menace, cette clémence,

cette énigme. Ils se tiennent là, pauvres,
les mains offertes. Ils regardent le ciel la
tête baissée. Les hommes des trous, ceux
qui n'ont rien construit, pas de monu-
ment, pas de peinture, pas de mains négatives, non. C'est avant. Avant que ne
commence la littérature. Chartres. Rem-
brandt. Mozart. Pascal. Eux, ils sont déjà
là, ils se taisent. Ils aiment comme au premier jour, qui, quoi, ils ne savent pas, rien
n'est encore nommé. C'est le temps
absolu. Le début de tout, le premier jour.
Et ce premier jour a lieu tous les jours
jusqu'à aujourd'hui dans cette chambre
de la rue Saint-Benoît où vous êtes enfermée avec moi, seule avec moi, seule à
mourir, puisque moi je ne meurs pas avec
vous, je vous laisse seule avec tous ces
hommes d'autrefois, dans la même pauvreté, la même intelligence entière, infer-
nale. L'intelligence d'avant. Avant l'amour
même.
Et pourrait-on dire avant Dieu?
Je ne sais pas. Peut-être est-ce plus
simple que ça, on se fait des idées, on s'en
fait une montagne alors que c'est simple.
Il suffirait d'être plus pauvre encore.
Atteindre la vérité de la pauvreté.

Nous sommes encore dans cette chambre où vous n'écrivez plus, dans cette
chambre qui va devenir noire. Pas encore
morte.

Approchez.

Je touche votre visage, venez plus près, n'ayez pas peur de ma main qui cherche encore les traits de votre visage, qui veut comprendre quelque chose de votre regard qui disparaît.

Regardez le ciel les yeux fermés.

Restez ainsi. Les yeux fermés.

Et tout voir.

Le monde entier depuis le commencement.

Le tout.

Et Balthazar.

Et même ceux que l'on ne connaît pas, ceux à venir.

Vous êtes allongée sur le lit. Les yeux fermés. Les yeux qui ne voient plus la chambre. Les yeux qui ne voient plus celui qui se tient près de vous. Comment faire en sorte que vous quittiez cette chambre sans peur, sans moi. Vous laisser partir seule.

Il faut que je cesse de vous parler ainsi, de faire croire que c'est vous qui me répondez. Ce n'est pas vrai, je le sais. Cet amour-là, l'oublier, ne plus rien en dire, se taire. Cette histoire-là, cette copie recommencée du nom de Duras. Passer à autre chose. A un autre nom. Tous les noms, ceux qu'on ne connaît pas encore et qui vont venir vers nous. Et dans toutes

les lettres de l'alphabet, on reconnaît parfois le vôtre.

Plus que tout.

Cette histoire.

Cette histoire de l'amour qui n'en finit
pas.

Des lettres à ne plus savoir qu'en faire,
des mots jusqu'à ne plus du tout.

La profération du nom. La sonorité
inouïe du nom enfin dit. Le mot enfin
trouvé qui fait cesser toute musique, tout
poème, tout amour.

Et que fait-on après.

Rien. Continuer comme si rien n'était,
une vie ordinaire, on vit, on aime, on
pleure, on mange, on parle. Voilà. C'est
ainsi.

Allons boire un verre, allons écouter
Capri c'est fini, allons à Trouville voir la
mer, les mouettes, allons manger des cre-
vettes grises, des huîtres, oui, faisons ça.

Tout va bien.

Tout est là, à la disposition de qui veut
bien.

De qui veut bien voir.

On ne pouvait pas se quitter. Je ne pouvais pas la quitter. Elle ne pouvait pas me quitter. On était toujours au bord de le faire. Se quitter. Moi, quand je ne pouvais plus vivre cet enfer avec elle, je partais à l'hôtel du côté de la gare d'Austerlitz, je me cachais là quelques jours. Je sortais le soir boire des bières au buffet de la gare, mêlé aux voyageurs, aux valises, personne ne me voit, personne ne vient me chercher là dans cette foule qui attend les trains. Moi je veux boire une dernière bière avant d'aller à l'hôtel et me tuer. C'est la dernière nuit. Je serai mort dans quelques heures. Je traîne, d'autres bières, je commence à être ivre, les pleurs pourraient venir très facilement, je pourrais écrire un dernier mot, lui écrire encore une fois, et puis non, c'est elle qui écrit après ma mort, elle sait faire ça, trouver les mots, simplement ça, ne rien inventer, écrire les mots que l'on comprend immédiatement, alors je lui laisse le dernier mot, je bois une dernière bière et je marche jusqu'à la chambre. Je ne meurs pas. La troisième nuit j'appelle. Elle vient. Tout recommence. Pourquoi ? Qu'est-ce qui fait que je ne meurs pas mis à part la peur, peut-être l'idée très précise que je ne dois pas le faire. Que je dois rester en vie, pas seulement pour elle, non, mais aussi pour elle. Je suis là pour ça, pour ce soin, ce soin à faire tous les jours, toutes les nuits, faire ça : maintenir une seule personne en vie. Aimer davantage alors même qu'elle ne veut rien savoir de ça, alors même qu'elle ne veut pas de cet amour-là.

Pourquoi moi, dit-elle. Personne, jamais, même ma mère que j'ai aimée plus que tout au monde. Alors pourquoi vous ici ?

Elle n'en revient pas d'être enfin la préférée, c'est insupportable. Elle veut encore plus, jusqu'à ma propre disparition. Mais non, elle ne peut pas vouloir ça. Que ferait-elle sans moi ?

Elle dit : Yann, je ne vous veux aucun mal, je veux qu'aucun malheur ne vous arrive, même si vous partez donnez-moi de vos nouvelles, dites-moi seulement que vous êtes en vie.

Je crois ça aujourd'hui en ce mois de

mai 1999, dans cette chambre avec vue sur cour pavée de la rue Dauphine, loin des bruits de la ville, loin de vous. Je crois que je vous ai causé beaucoup de peine Je n'ai pas porté assez de soin à l'ensemble de votre personne, on n'en fait jamais assez. Il faut tout faire et encore plus. Duras elle exagère, et moi pas toujours. Parfois certains soirs, j'étais fatigué, de vous, de moi, des livres, du ménage, des jupes à repasser, fatigué des promenades à trois heures du matin à Orly. Je ne comprenais plus rien, je voulais plus rien.

Et puis ça revenait.

Vous dites : ce n'est pas grave cette fatigue, ça va passer, je vous promets que maintenant vous pourrez tout faire, voir vos amis sans moi, manger ce que vous voulez, aller n'importe où sans moi. Je vous le promets, je vous le jure.

Ça tient une journée et puis tout recommence. Aimez-moi encore davantage, inventez ça : aimer quelqu'un. Que ça.

Je tente de le faire. Nous le faisons ensemble. La nuit. La chambre. Le lit. Les rires. Toutes les histoires de la vie quoi. Je suis là pour écouter, pour taper les mots. Il faut suivre, ne rien rater, pas un seul mot, aller très vite avec trois doigts, ne pas penser, seulement consigner le mot.

Ainsi tandis que le livre se fait, vous et

moi on disparaît. La séparation n'a pas lieu. Seul le livre qui se fait existe. Jusqu'au dernier livre, ce livre pas terminé que vous appelez Le Livre à disparaître.

Ce livre je suis en train de le faire. Ces mots je peux enfin vous les écrire, pour rester en vie, peut-être, pour occuper le temps de ce mois de juin 1999. De tous les étés. Toutes les saisons. Continuer à aller et venir sans vous, avec vous. Oui, ça arrive, quelques secondes, je peux croire que vous allez frapper à la porte de la chambre où je suis.

Pour l'amour de Dieu, ouvre-moi ta porte.

Entrez.

Ce n'est pas mal ici, c'est clair. Une blancheur admirable. Quel bonheur de se voir, non? Alors, qu'est-ce qu'on fait?

Venez, je vous emmène.

Dites-le autrement.

Viens. Je t'emmène.

C'est un ciel plat.

C'est un ciel bleu ciel.

Sans étoiles.

C'est un ciel partout.

Il n'y aurait que ça : ce ciel et vous et moi dans ce lieu bleu que nous ne pouvons pas voir. Là où je t'emmène, là où l'on marche sans aucune direction à demander, là où personne ne peut se perdre.

Ici, dans ce ciel inventé on serait.

Nulle part.

On est à la fin du mois de juin et je finis d'écrire Cet Amour-là. Je vais partir deux semaines pour Patmos. Seul là-bas, dans cette île de la Grèce, avec des amis. Je laisse le livre. Je vous laisse. Je ne vous quitte pas.

Ça a commencé ainsi : on est au mois de janvier 1999. Je parle à Maren Sell. On enregistre le flot de paroles. Je parle. Elle écoute. Elle me laisse parler. Elle entend parfaitement. Elle laisse faire. Tout le désordre. On fait taper les cassettes et j'ai devant moi un paquet de feuilles, des centaines de pages. Je n'ose pas ouvrir le paquet. J'ai peur. Je laisse passer un mois. Je sors dans la ville. Je marche. Je bois. Et puis, dans cette chambre de la rue Dauphine, je commence à lire. Je trouve ça impossible. Trop. Du temps passe encore. Et puis je me mets à écrire. J'oublie les feuilles, je ne les regarde pas. Je tape comme un fou une longue lettre. Chaque matin, une lettre à celle qui est nommée ainsi : M D. Je le fais sans savoir ce que je fais vraiment. J'écris sans relire. Je donne à lire à Maren Sell. Elle me dit de continuer. Chaque matin j'obéis. J'écris. Je vous écris comme si c'était possible de vous écrire. Et en effet je le fais. Voilà. Cet Amour-là existe. Je laisse le fatras, le ressassement, je laisse le tout.

Je quitte la chambre de la rue Dauphine. Je pars pour Patmos le 2 juillet.

DU MÊME AUTEUR

M.D. (Éditions de Minuit, 1983).

Composition réalisée par EURONUMÉRIQUE

IMPRIMÉ EN ALLEMAGNE PAR ELSNERDRUCK
Dépôt légal Édit. 8623-02/2001
Librairie Générale Française - 43, quai de Grenelle - 75015 Paris
ISBN : 2-253-15000-2

◈ 31/5000/0